メフィストフェレスの肖像

——死の迷宮《ラビリンス》

霜月夢僧
Musou Shimotsuki

文芸社

目次

メフィストフェレスの肖像

――死の迷宮《ラビリンス》

〈序章（プロローグ）〉

宵闇《よいやみ》が近づくと、墓場で眠る亡霊たちが目を覚ます。暗闇に啜《すす》り泣く呻《うめ》き声が、地の底からひときわ低く響いては、僕らを恐怖と殺戮《さつりく》の世界へと導いてゆく。耳を澄ませばどこからともなく聞こえてくる足音に、ふっと気がつけば、青白い人魂《ひとだま》のような焔《ほむら》が僕たちを限りなく深い暗闇の世界へと導いてゆく。

果てしなく広がり続ける暗闇の世界……。僕らが迷い込んでいるのは、残虐で邪悪な狂人たちの暮らす、醜悪な世界だ。

暗黒の地下迷宮が出現する。世界が呪縛から解き放たれる。ここでは時間が止まって未来も過去もすべてが消滅し、死の恐怖が運命を支配して、煉獄の炎が浮かび上がる。巨大な日輪《にちりん》の形をした灼熱《しゃくねつ》の業火《ごうか》が赤々と燃え盛り、断末魔の叫び声が四方に轟《とどろ》き、午頭《ごず》・馬頭《めず》の姿をした地獄の死者が、深紅《しんく》に燃え上がる滑車のついた荷車に死人の骸《むくろ》を山ほど乗せて運び去ってゆく。冥界《めいかい》では、鬼たちが亡者の体をズタズタに引き裂くたびに真っ赤な血飛沫《ちしぶき》が吹き上がり、肉塊が砕け散り、骨がバラバラに弾け飛ぶ。絶叫し、のたうち回り、身悶《みもだ》えする者たちは、悪鬼羅刹《あっきらせつ》の獄卒《ごくそつ》に惨《むご》たらしく切り刻まれる。やがて一寸の骨と肉片に姿を変えるが、生臭い風が吹くたびに何度でも甦り、再び細やかな肉片へと押し潰される。阿鼻叫喚《あびきょうかん》の地獄絵図。悶絶した者たちは、未来永劫、無間《むげん》地獄へと堕《お》ち続ける。

月明かりの下、漆黒《しっこく》の夜の墓場に巨大な黒い影があらわれて、僕らを不条理な死の終末へと駆り立てる。墓場の隅では、昔死んだはずの父親が、手まねきをして僕らに呼びかける。僕らがやって来るのを待っているんだ。月夜に映し出された魅惑的な姿はなんとも、知的で透き通った、呪わしい存在なんだ。それらは毎夜のように、怪しげで甘美な言葉で僕らを誘う。黒い死の影の幻が、靄《もや》と霧《きり》の中から浮かび上がる。おぼろな姿で僕らの前にあらわれて、ユラユラと揺らめきながら、月に泳ぐ魚のような濁った目をして僕らの瞳に映り込む。「忍び寄る恐怖は、甘い果実のように〝美味〟

なんだ」と耳元で囁《ささや》いて、誘惑によって心を迷わせてゆく。どんな人間の心の隙間にも、心の闇は存在する。

——人間の心の隙間には、魔が潜んでいる。死への憧れ、破壊と破滅への衝動《タナトス》、生きることへの懐疑、不可思議な生命《いのち》への賛美。小さなホムンクルス《人工生命体》が躍りだす。毒杯をあおり、悪魔に魅入られた年老いた老学者は、悪魔メフィストフェレスに唆《そそのか》される。悪魔の下僕《しもべ》になるように、正しい道を踏み外すようにしむけられるが、快楽と苦悩の果てに、やがて、ファウストの魂は救われる。悪魔に魂を売った男は、救われた。いいだろう。悪魔《メフィストフェレス》よ。僕らを呪え。僕らも、おまえの望む答えを出してやろう。悪魔の法則に基づいて、おまえの願いを叶えてやる。

墓場の裏にある竹林の奥は、深い山になっている。周囲を雑木林で、囲まれている。わずかな空地に、廃墟となった古い洋館が建っていた。古びた洋館のすぐ脇には、よく見るとマネキン人形の頭部が、何十個と鬘《かつら》をかぶった状態のままで、丸太の棒に串刺しにされていた。ひしゃげた蒼い月明かりに照らされて、彼女たちは、いくつも地面に植えられていた。

一体誰がどんな目的で、これらの人形を放置しているのかは、わからない。変質者なのか、ただ単に誰かの悪戯《いたずら》なのか……。全くもって、物騒な世の中だ。それだけじゃない。地面からは、人間の手足のようなものも、ニョッキリと見えている。それは確かに、人形の足だった。足だけじゃない。胴体、青い瞳をした外国人女性の顔、金髪で巻き髪のマネキン人形が、バラバラに解体されて、火をつけられたのか、ところどころ、まっ黒に焼けて転がっていた。人形とはいえ、月の光にうっすらと照らしだされた彼女たちの妖美な美しい裸体と妖しい魔力に、僕らの胸は高鳴った。

半分焼け焦げた人形の胴体や足などは、不気味な姿の中にも妙に艶《なま》めかしいエロチックな姿をまざまざとみせつけていた。僕らはマネキン人形の金髪をつかみあげ、両手で抱き抱えながら、ほんのりと青白いマネキン人形の、死人のような顔に頬を近づけ、唇にキスをした。

突然、彼女たちの瞳は爛々《らんらん》と、生気を取り戻した。その瞬間、メフィストフェレスが笑いながら消え去った。

僕らは、父親を殺害したときに使った金属バットを握りしめ、何度も彼女たちの頭に振り下ろした。彼女たちは粉々に砕け散り、宇宙の塵《ちり》になったんだ。ソレカラサキノデキゴトハ、ダレモシラナイ。

麻里花の詩より

〈第一章〉

むかし『僕たちは壁の中の一個のレンガだ』って、言葉が流行《はや》った時代があった。

――僕らは、ドデカイ一発を待っている。

ちっぽけな戯《ざ》れ言《ごと》は、もう聞き飽きた。命は地球より重いなんて嘘だ。かけがえのない存在なんて、この世界にありえない。以前読んだ本に書いてあった。レンガが一個なくなったくらいじゃ、壁は壊れない。僕たちは、無気力という壁の中に押し込められた一個のレンガだ。僕らが一人くらいいなくなっても、ガリレオやコペルニクスが発見したように、地球は自転し続けるし、空は青い。僕たちは、無気力にされた廃人なんだって、ようやく気づいた。

――メフィストフェレス――

「超迷惑なヤツ」「三年B組メダカ野郎！　マジ・ウザイ・キモイ・消えろ」「メンパチ野郎！　死ねっ」

携帯電話のモニター画面いっぱいに映し出された悪辣《あくらつ》なカキコミに、目高毬藻《めだかまりも》は愕然《がくぜん》として息をのんだ。ここのところ、頻繁に自分の悪口が学校裏サイトと呼ばれている闇サイトの掲示板にカキコまれているからだ。自分を誹謗《ひぼう》・中傷するサイバー暴力を受けている。クラスメートからは**「ウゼェー、学校くんな！　殺す！」**などの脅迫メールが届く。

プロフ（プロフィールサイト）などのネット上に、本名やメルアド（メールアドレス）の個人情報が勝手に流出する。れっきとした男性なのに、誰かが毬藻になりすまし、女子高生を名乗って毬藻の実名で援助交際（エンコー）を募集していたこともあった。見覚えがないメルアドから、目も当てられない卑猥《ひわい》なメールがいっぱい届いた。

ネクラでゲーム好きな十四歳のオタク少年。それが、毬藻だった。四月から、中学三年生になったばかりだが、最近では、ネットいじめをされて、不登校になった。

少年は貧弱そうで青白い顔をしていて、みるからにひ弱な感じがした。チビで華奢《きゃしゃ》な体はよく女の子に間違えられた。くるくるの天然パーマで眼鏡をかけていたし、天才大作曲家のシューベルトに似ていて、目がぱっちりしていて、腹話術の人形のようだった。子供のころから、一人でTVゲームをして遊んだり、漫画や本ばかり読んで本の虫になっていた。友達は誰もいない。ひとりぼっちの、孤独な少年。内気な性格の臆病な少年は、クラスメートから、イジメの標的にされてしまった。

東京郊外にある、高尾山の自然に囲まれた一軒家。山に囲まれたモダンな造りの家で毬藻は生まれ育った。八王子市に位置する高尾山は、古き良き時代の面影が色濃く残されている。戦時中は、山深い緑の中に、極秘で研究開発された軍用施設が残されていた。そもそも山全体が霊山であるがために、不可思議で特別な力がそこらじゅうに満ちあふれている気配がした。怨霊《おんりょう》や魑魅魍魎《ちみもうりょう》を見ることができなくなった、感受性の鈍い現代人にさえなにかを感じさせる不思議な力が、そこにはまだ生きていた。

毬藻は、薄暗い部屋の中で、水槽にメダカや熱帯魚を飼うことが生きがいだった。メダカは漢字で、目高と書く。他の魚と違って、目が上についているところから名づけられた。毬藻も、やせ細った小さな体にギョロギョロとしたデカ目から、メンパチ野郎・メダカ野郎と、周囲からののしられていた。

メダカという名称は、江戸時代から用いられていた。メダカは、メメチン・メダコなどとも呼ばれ、体の割に大きな目を持つために「メ」という言葉が多く使われる。また、水面に浮いてくる習性から、ウキス・ウケス・ウルメなどと呼ぶ地方もある。昔は、肥料や食料にもされていた。海から遠く離れた地方では、現在も食用として「ウルメの田舎煮」なる佃煮が販売されている。薬用効果があるという言い伝えもあり、民間療法として「生きたまま飲み込むと目の病気に効く」といったことが現在でも信じられている。

毬藻は小学校三年生のころからメダカを飼いはじめ、青メダカや白メダカ、黒メダカの他に、金魚のような綺麗な柿《かき》色をした、緋《ひ》メダカという種類のメダカも飼育している。この緋メダカは、「目高」という珍妙な名字にとても深いかかわりを持っていた。このメダカは野生の黒メダカの変異種で、色が違うだけなのだが、江戸時代に庶民がメダカを飼育している中で、突然変異としてできたものが繁殖されたらしく、金魚売りをしていた毬藻の先祖も、当時は金魚と一緒にたくさんの緋メダカを売り歩いた。

そのうち、生業《なりわい》としてメダカを専門的に取り扱うようになり、屋号も「ウルメ屋」と呼ばれた。明治維新を迎え、明治政府が近代化政策としてさまざまな改革をおこない、「壬申戸籍《じんしんこせき》」が改められて新しく名字がつけられるとき、〝メダカ屋さん〟であった毬藻のご先祖様は、目高という珍名をつけられた。

「毬藻」という変わった名前をつけたのは祖父だった。毬藻がオカルトや神秘的な事柄に興味をもつようになったのは、この祖父の影響が大きかった。祖父は、目高正蔵《まさぞう》といって、精霊信仰《アニミズム》の信者だった。精霊信仰とは、自然界のあらゆるものに霊魂の存在を認めるものだ。正蔵は自分の孫に、神秘的な生命のつながりをあらわす意味をこめて、寒地の湖水中に生えている球形の緑藻（リョクソウ類）から名前をとって「毬藻」と名付けた。

もとは、明治末生まれの正蔵の父親（毬藻の曾祖父《そう》）は、家業のメダカ屋をとても嫌い、家を飛び出したという過去がある。故郷を出て上京し、製薬工場に勤務していたときに毬藻の曾祖母と知り合い、結婚した。翌年曾祖父は戦争で徴兵され、ハルマヘラ島と呼ばれる南方の島へ出征した。曾祖父の部隊は、食料不足のために、蛇やトカゲなどの爬虫《はちゅう》類を捕らえ、生のまま皮を剥《は》いで食べていたという。やがて曾祖父は、部隊の中でも一番の蛇取り名人として有名になった。終戦後、帰国してからは、故郷である高尾に戻り、軍人時代の経験を活かして高尾山で蛇を捕らえた。物資が不足して、本当になにもない時代だったが、蝮《まむし》をビン詰めの強壮剤や漢方薬にしたり、縞蛇《しまへび》の皮を剥いで干物にしたりして闇市で売り捌くなど、大金を儲けたこともあった。

祖父正蔵も、近所から〝ヘビ屋〟と呼ばれる曾祖父の跡を継いで二代目となった。正蔵の時代には闇市もなくなり、蛇を捕らえることもあまりなくなり、漢方薬として売るために蝮を捕える程度だった。あとは、世界中からいろいろな種類の蛇を輸入して、ペットショップに売買する商売に変わっていった。

一九九〇年代、バブルの好景気の折には、珍しい外来種のペットがブームとなり、カミツキガメや外来指定生物がペットとして日本国内に大量に輸入された。タランチュラをはじめとした毒蜘蛛《どくぐも》や、ド派手で毒々しい色彩をした毒ガエルなども人気が高かった。正蔵の仕事場である離れの小屋も、変わった種類の蛇でいっぱいだった。体長が何メートルもある熱帯産の錦蛇も、何匹かゲージに入れられ、大切に離れの小屋に置かれていた。正蔵の話によると、体に美しい模様があるのが特徴で、この模様が人の笑っている顔に見えるということで、人面蛇として当時、何百万円もで取引されたらしい。毬藻の家は、この祖父のおかげで、とても裕福だった。

曾祖父が製薬工場に勤めていた際に必要だった、薬品の知識や薬の調合の仕方などに関する文献も毬藻の家にはたくさんあった。祖父正蔵は、こうした文献をもとに薬品の調合をするなど、漢方薬などの薬全般に詳しかった。毬藻も、古ぼけた桐箱の中に何種類かの薬品が保存されているのを見たことがある。

毬藻の父親である正雄《まさお》は、〝ヘビ屋〟にはならなかったが、一流大学を卒業して薬品メーカーに就職した。今では管理職を任されている。母の静江《しずえ》は薬剤師をしていて、薬局の仕事を通して正雄と出会い、結婚をした。

毬藻には十二歳年齢が離れた真人《まさと》という兄がいる。十二歳も年の離れたこの兄は、二十五歳になった今もなお、ひきこもり生活をしている。兄弟といっても、これだけ年齢が離れていると赤の他人のような感じがした。

毬藻と違って兄は成績もよくスポーツもできて、周囲の期待どおり、東大に首席で入学した。ところが、しばらくしたころから兄の精神が変調をきたしはじめた。父や母の期待に応えるために、勉強ばかりさせられて、その期待からくる重圧に耐えきれず、精神を病んでしまったのである。成績が落ちはじめて、体を壊し、入退院を繰り返すようになってから大学をずっと休学していたが、最近になってついに自主退学が決まった。退学してからは自分の部屋に閉じこもるようになった。

兄のこうした変化にともない、円満だった家族にも歪《ゆが》みが生じてきた。父親は会社の若いOLと不倫をしてその女性のマンションに暮らすようになり、家に帰ってこなくなった。兄は家庭内暴力まで起こすようになった。金属バットを振り回して家の中をメチャクチャにし、恐ろしい形相《ぎょうそう》で母親のことを追いかけ回した。母親の体はいつも痣《あざ》だらけだった。耐えかねた母親は、ある日兄と毬藻を置いて実家に帰ってしまった。家族はバラバラで、空中分解していた。

毬藻が幼いころからずっと、父も母も、とにかく兄ばかりを可愛がっていた。なにをするにも兄が優先だった。出来の悪い毬藻に両親は冷たかった。まるでどうでもいいかのような扱いを受けた。毬藻が小学校に入学するときでさえ、兄の大学入試が優先で、入学式にも来てもらえなかった。両親に可愛がってもらえなかったぶん、毬藻は祖父のそばで育った。

祖父は生前、かなりの豪傑《ごうけつ》だった。山に蛇取りに行くときも、幼い毬藻を腰巾着《こしぎんちゃく》のようにそばに連れていった。正蔵は、角刈り頭に長い揉《も》み上げを伸ばして、色眼鏡をかけていた。自慢のじいさんだった。毬藻と連れ立って歩く正蔵の姿を見た近所の同級生たちは、口を揃えて「メダカのじいさん、スゲー殺し屋じゃねェ?」と正蔵を称賛した。

普段は温厚でのんびりしている正蔵だが、蛇を見つけた瞬間、動きが機敏になる。道具も使わず、まず、片足で蛇の尾をドタンと踏み、目にも留まらぬ速さで腰を曲げて屈《かが》み込み、右手を使って蛇の鎌首をぎゅっとつかみあげる。蝮は特に、お腹《なか》に子供を宿しているときは危険であり、人間によく咬みついてくる。念のために、茶色の小瓶に入れた蝮専用の血清を、祖父は大切に持ち歩いていた。

生死をかけて勇敢に毒蛇に挑む、正蔵の侍《さむらい》の瞳が、毬藻は大好きだった。

捕らえた蝮は口を裂き、木の棒を刺し込んで天日干しをする。日光に当ててよく乾かしたものを粉末状にして薬にしたり、焼酎や酒に漬け込んでヘビ酒をつくる。

祖父は、小さな〝ヘビ屋〟を、どんどん大きな会社にしていった。ウェブサイトをつくって通信販売をし、インターネットでさまざまな宣伝をしたおかげで、ペットショップなどの業者との取引だけでなく、個人のユーザーも増えた。

晩年、祖父は蛇の研究で世界中に出かけていった。外国のたくさんの種類の蛇を研究し、そのたびに珍しい種類の蛇をたくさん買いつけてきた。そのおかげで、毬藻も小学生のころから蛇の産地や特徴に詳しくなり、蛇の扱いにも慣れた。学校から帰ると毎日のように祖父の手伝いをして、蛇たちに生《い》き餌《え》をやるなど、面倒をよく見ていた。

祖父は、老舗《しにせ》の〝ヘビ屋〟として成功をおさめ、蛇の魅力に取り憑かれて、その生涯をすべて蛇に捧げた。祖父の死後は、叔父が〝ヘビ屋〟の経営の権利を相続して、現在も営業を続けている。

祖父の遺品の中に、ガラスケースの中に飾られた双頭のキングコブラの剥製《はくせい》があった。生前、祖父がマレーシア北西部のランカウィ島に旅行したとき、ヘビ使いの知人から安く譲り受けたものだという。双頭のコブラは大変珍しく、たいがいが成体となる前に弱って死んでしまうというが、剥製のキングコブラは明らかにその体つきが野生のもので、大きさは四メートル近かった。

インドでは、コブラは豊かな実りと再生を象徴する神聖な存在であり、聖なる毒蛇と崇《あが》められている。バンコク・タイ・カンボジア・ボルネオやインドネシアなど、キングコブラの生息域は広い。タイのある村では、キングコブラは見世物として貴重な収入源になっている。見世物小屋のなかでは、観光客を相手に、村の女性たちがコブラの頭を口にくわえてダンスを踊ってみせるという。

キングコブラはその名のとおり毒蛇の王者であり、長さ十ミリほどの比較的小さな牙からおびただしい量の強い神経毒を出す。祖父は、この牙から採毒した猛毒を、薄緑色をした小さなガラスの小瓶に詰めて、部屋のタンスの一番上にしまっていた。祖父はいつも幼い毬藻に、「これは幸せの小瓶だから、子供は触っちゃいけないよ」と口ぐせのように言っていた。あの小瓶の中身の「魔法のクスリ」はみんなを幸福にしてくれると、祖父はよく話していた。

ある日、毬藻が「飲みたいな」と言ったところ、「これは子供には危険な毒になる」と言った。それ以来、瓶を金庫にしまって鍵をかけ、絶対に見せてくれなくなった。

数年後、祖父が死んだ夜、毬藻の夢枕に祖父の霊が立った。眠っている毬藻に、自分の形見の品だと言って、金庫の鍵のありかを教えてくれた。鍵はコブラの剥製が飾ってあるガラスケースの後ろと壁との隙間《すきま》のわずかな空間に、こっそりと隠すように置かれていた。

金庫を開けると、見覚えがある薄緑色のガラスの小瓶が出てきた。とても懐かしく、祖父と過ごした楽しい日々がふっと脳裡《のうり》に思い浮かんだ。金庫の中からは、小型のパレットケースにコンパクトにしまわれた注射器のセットも出てきた。蛇取りに行くときにいつも持ち歩いていた、アメリカ製のマムシ科毒蛇用血清の入った茶色の小瓶もあった。

「毒も使いよう」と正蔵の字で書かれた研究レポートのノートもあったが、未完のまま終わっていた。ノートの中には、蛇毒が実に多くの成分を含み、それぞれが生体に対して強烈で多様な作用を持っていることが記されている。毒と薬は紙一重で、使い方によっては猛毒も素晴らしい妙薬になる。酵素の宝庫といわれる蛇毒は、タンパク質分解酵素となり、心筋梗塞の予防薬になることでも知られている。猛毒であるはずのコブラ毒も、将来的には有益な治療薬として活躍できるのではないかというのが、祖父の長年の研究だった。それが「幸せになる魔法のクスリ」ということだろうか。毬藻がこの魔法のクスリを使って社会に貢献してくれることを、亡くなった祖父は願っているに違いなかった。

毬藻が祖父の遺品を眺めていると、ヒラリと一枚、新聞の切り抜きが畳の上に落ちた。拾ってみると、薄汚れた、かなり古い新聞の記事だった。昭和六十二年の日付で、医療センターに勤めていた青年が、コブラ毒を自分の腕の静脈に注射して自殺したことが書かれている。この青年は、コブラを愛玩《あいがん》用に飼っており、採毒の方法も知っていたようである。

祖父はなぜ、こんな切り抜きを大事にノートにはさんで持っていたんだろう——。もしかしたら、自身もこの〝魔法のクスリ〟を使って自殺しようと考えたことが、何度となくあったのかもしれない。コブラ毒は神経毒であるため、咬まれてもあまり痛みがないことが特徴らしい。死に至る要因は、猛烈な神経作用で筋肉が麻痺《まひ》することによる呼吸障害である。とはいえ、苦しいことには変わりないと思うのだが、真相はわからない。

毬藻にとっては、少なくとも、生きることをやめる手助けをしてくれる、とてもありがたい魔法のクスリであることに違いはなかった。飲めばサイケデリックな幻覚に誘われて頭の中がメチャクチャになって、ビルの屋上からでも平気で飛び降りてしまうくらい強烈なドラッグを手に入れたような気分だった。毬藻は一人で、ニンマリとほくそ笑んだ。

〈第二章〉

目を覚ましたのは正午近くだった。昨日も深夜までホラービデオを見てから、インターネットで遊んでいて、夜更かしをしてしまった。

最近、毬藻は携帯電話のコミュニティサイトにハマッている。匿名でメール交換をし合って、お喋りを楽しむサイトだ。自分でもブログを公開している。「ヘタレパンサー」というハンドルネームを名乗って、チャットやBBS（掲示板）に、毎晩投稿をしていた。**「死んでしまいたい」「誰か僕を殺してください」「死刑になりたい」**――。とんでもないカキコミをすることがストレス解消になって、スッキリした。不条理な社会への苛立ちや不満をネットの掲示板に訴えかけることで、救いを求めていた。

インターネットを通じて、姿の見えない人間との交流は、自殺願望や虚無的《ニヒリズム》な思想を覚醒させ、その想いを募らせる。それがたまらなく快感に思えた。

心の中の「生きていても、生きていなくても同じだ」という虚無感は、もう爆発寸前の状態だった。精神的な欲望が満たされないもどかしさ、将来への不安……、人間性が疎外され、一人ひとりの価値が小さく細分化されてしまっている現代の社会では、「自分はいてもいなくてもいい存在」として自分を認める以外に方法がない。

だから毬藻は、パソコンからネットワークを通じて発信されたメッセージが瞬時に巨大な影響力を与えてくれることに喜びを感じた。自分の名前を隠したまま、居心地のいいバーチャルな世界へと逃げ込むことができる。インターネットという仮想空間では、自分が無敵な存在になれる気がした。果てしなく続く心の闇、人間不信、不登校でいることで感じる葛藤や焦燥感を、誰でもいいからわかってほしかった。

毬藻はそんな中で、麻里花《まりか》という、都内の高校に通う十六歳の少女と知り合った。ネット越しでは個人情報の詳しいことはわからなかったが、彼女とは、人づき合いが苦手な毬藻でも、メールを通じて不思議と仲良くすることができた。彼女も、いじめが原因でほとんど不登校になっていると言っていた。毬藻は自分と同じような境遇の彼女に親近感を覚えた。彼女だけが、閉ざされた自分の心を開放できる、癒してもらえる唯一の存在になった。

毬藻は一時《いっとき》と間をおかずメールチェックをしていた。明らかに携帯依存症になっている。寝ている間に、麻里花から新しいメールが一通届いていていた。

ヘタレ君へ

ヤッホー♡♡♡メールありがと

七月になったし、もうじき夏休み♡♡

私も頑張って、今日は学校行きます♡

ヘタレ君も頑張ってネ　☺　麻里花

「うわぁ」毬藻はベッドの上に置いてある目覚まし時計を見た。これから身支度を整えて中学校へ行ったとしても、午後の授業にやっと少し間に合う程度だった。だが、せっかくメールをくれた彼女に申し訳ないので、行くことに決めた。

メールどうもありがとう

今から行きます

😊ヘタレ

毬藻は立ち上がり、パジャマを脱ぎ捨てると、久しぶりに制服に着がえた。やはり体が重く感じる。足を引きずるようにして、空っぽのスクールバッグを抱えて部屋を出た。静まりかえった家全体は、重いどんよりとした空気に包まれている。毬藻は、またかとうんざりした。

廊下の壁には、兄が金属バットを振り回したおかげで、ボコボコと穴があいていた。凄《すさ》まじい暴力の痕跡《こんせき》がいたるところに残り、家中がメチャクチャに壊されていた。自分の部屋の隣にある兄の部屋からは、物音一つしない。兄は死んでいるのかもしれない……？　毬藻は一瞬、期待してしまった。死んでいればいいのに……。それが本音だった。いっそのこと自殺でもして兄がいなくなったら、どんなに気が楽になるだろう。バラバラになってしまった家族の絆《きずな》も取り戻せるかもしれない。兄、真人の病状は、回復の兆《きざ》しなどいっこうになく、ますますひどくなっていた。

夏の午後、毬藻はしばらくぶりに学校へ到着した。蝉《せみ》がミーンミーンと鳴いている。一ヶ月ぶりの学校、どうせ行ってもいじめられるだけだ。そう思うと足がガクガク震えて、どうしても教室に入れない。こうして、いつも保健室登校を繰り返してしまう。保健室の鈴香先生は、養護教諭になったばかりで、まだうら若い才色兼備の女性である。親切でとてもやさしく、毬藻を気遣ってくれる。だから、この日も保健室へ行きたかったのだが、必死にそんな気持ちを押し殺した。

授業をしている教師の声が廊下中に響いている。声の主《ぬし》は、毬藻の大嫌いな担任の沢井だった。沢井は横柄《おうへい》で傲慢《ごうまん》なうえに、クラスメートの前でわざと毬藻の傷つくようなことを言って困らせる、とんでもない教師だ。毬藻に『メメチン』というあだ名をつけた張本人でもある。

不登校の毬藻が前回教室に入ったときは、クラスのリーダー的存在として君臨している影山《かげやま》三兄弟が、揃って「イェ〜イ！」と叫んで飛びつき、プロレス技をかけてきた。みんなの前で羽交《はが》い絞《じ》めにされ、窒息しそうになったが、そのときもクラスメートは面白がって見ているだけだった。

やがてチャイムが鳴り、ガラガラと教室の扉が開いて沢井が出てきた。毬藻を見つけ、癇《かん》に障《さわ》るしゃくれ声で「おっ！」と大げさに驚くと、眼鏡の奥の冷酷で薄情そうな両目をさらに細めて、威圧する怒鳴り声をあげた。

「なんだ！　メメチン！　幽霊みてえにつっ立ってたら、ビックリするだろうがぁ」

さらに、慌てておどおどしている毬藻に向かって、軽蔑したように言い放つ。

「まったく、おまえってヤツはいつもビクビクして、水草の影に隠れてるメダカにそっくりなんだよ！　ホラッ、そうやって、上目遣いで見るんじゃない」

「…………」

「メダカってヤツは、本当に臆病な魚だから、おまえも仲間だろ？　違うんだったら、もっと堂々としていろ！　おまえ見てると、イラッとするってみんな言ってるぞ！だから、友達もできないんだぞ、しっかりしろ！」

沢井はバンと、力強く毬藻の背中を叩いた。

毬藻がふと気づくと、教室の中から、クラスメートたちの視線が集中していた。

「自分、なんで学校来るんや。来たらあかんって言ったやろ」

「ええ根性しとるわ。しばいたろか」

「なに、じろじろ見てんねん」

影山三兄弟が、獲物に襲いかかるハイエナのように近づいてきた。兄弟は体もばかでかくて、ケンカも強かった。三つも同じ顔が並ぶと、暑苦しくて仕方ない。彼らは、スリングショットという大型のパチンコのような武器を使って、大きな石をゴムで飛ばし、水上公園の野鳥を殺したこともあるという。うわさでは、法に触れるような窃《せっ》盗《とう》なども繰り返しているらしいが、証拠がないのか普通に学校に来ている。彼らは転校してこの学校に来たのだが、どうやら以前住んでいたところでも評判は悪く、とうとう大きな問題を起こして住んでいられなくなったため、引っ越してきたらしい。彼らは弱い者いじめが大好きだった。毬藻を見ると、イライラすると言ってはいつもいじめた。クラスメートたちにも、毬藻を仲間外れにするように指示をしていた。

三つ子の長男の剛が、いきなり毬藻の顔めがけて殴りかかった。毬藻はパンチをまともに食らい、ふらついた。突き飛ばされた毬藻が倒れると三人がかりで殴ったり蹴ったりし、満足したのかニヤニヤ笑い合って教室から出て行った。体を丸くしてうずくまっていた毬藻に、一人の女子生徒が近づいてきた。彼女は、とても申し訳なさそうな表情で、

「メダカ君、ゴメンね。みんなも、いじめなんて嫌いなんだけど……やらないと今度は、自分がやられるから……。悪いのは、あいつらなんだ。あいつら、いろんなサイトに、メダカ君の悪口とか、いたずらのカキコミしてるんだよ」

と謝ってきた。

「うん。いいよ別に」(そんなの、とっくにわかってるから……)

毬藻は無表情にそう答えると、汚れてしまった制服を両手で叩きながら、立ち上がり、割れた眼鏡を拾い上げた。

六時間目がはじまり、毬藻は席についた。影山三兄弟が教室に戻ってきて、まだそこにいる毬藻を見つけ、驚いた。三人は授業の間ずっと毬藻を睨んでいた。毬藻はじっと耐えたが、頭が変になりそうだった。やがてついに我慢できなくなり、「気分が悪い」と席を立つと、毬藻は保健室へも行かずに学校の校門を勢いよく飛び出した。

結局、早退してしまった。毬藻はトボトボと、もと来た道を歩きはじめた。携帯電話にメールが届いていないかをチェックすると、麻里花からは届いていなかったが、父親の正雄から届いていた。**「今晩、家に帰る」**とだけ書かれていた。

毬藻が玄関の鍵を回すと、ガチャッと音がして鍵が開いた。ドアを開けて中に入ると、真人が部屋から出てきた様子はなく、兄の部屋は相変わらず不気味なほど静まり返っていた。

（やっぱ、学校行かないほうが、よかったかも）

殴られてパンダのようになった顔を洗面台の鏡でのぞき込んだ。手を洗って自室へ戻り、スクールバッグをベッドの上に放り投げると、Tシャツとジーンズに着替えた。

部屋の隅にある水槽に目を留めると、グッピーやネオンテトラなど、宝石のように美しい熱帯魚たちが自由に水草の間を泳ぎ回っていた。窓際に置いてあるメダカの水槽をのぞいてみると、近づく毬藻の足音にビックリしたのか、小さなメダカたちは、いっせいに自分の泳いでいたのと反対方向へ向きをかえ、バラバラになって逃げ回っている。

「メダカの学校」という言葉もあるように、メダカは集団行動をする生き物だが、突然の外的刺激に襲われると、認識し合って集まる余裕がなく、いっせいに散る形となるようだ。しばらくすると、水草の影に隠れていた一匹がおどおどと様子をうかがうようにやってきて、安心したのか他のメダカたちも集まり、何事もなかったようにまた泳ぎはじめた。

（沢井の言ってたとおりだ。なんて臆病なヤツラなんだろう。僕にそっくりだって？）

熱帯魚と比べて地味なメダカにうんざりした。おどおどと上目遣いで周囲の様子をうかがって泳いでいるメダカの姿に、自身の姿が同調《シンクロ》した。しかもメダカは、大型熱帯魚の生き餌になるために、ペットショップで一匹二十円で売られている不憫《ふびん》な生き物だ。

急になにもかもが、絶望的な気分になった。

（この弱虫野郎！　いったい、さっきの不様《ぶざま》な姿はなんだよ！）

学校で受けた屈辱を思い返して、怒りが沸々とこみあげた。

泣きたくなるほど悔しかったのに、文句の一つも言い返すことができなかった。自分の存在自体が許せなくなってきた。

「死んでやる。今日こそ、絶対に死んでやる！」

（死ぬことで、こんな息苦しい生活から潔く抜け出すことができるのなら、逃げ出せ！

さぁ、早く！　わずかな太陽の光さえ遮断してしまう、このぶ厚いカーテンでさえぎられた、薄暗い墓場みたいな、この牢獄《ろうごく》から脱出しろ！）

（無意味な人生を過ごす無駄な時間なんて、僕にはもうこれ以上、残されてはいないんだ。宝物にしている、じいちゃんの形見のあの魔法のクスリを飲んでしまえば、すべてが解決できるじゃないか！）

陰気な部屋にはたくさんの水槽が置かれ、魚のエサ箱やゴミ屑《くず》が散乱して、さらに狭くなっている。人間の形をした不思議な植物ガジュマルが、月明かりに照らされてパソコンの横に立っている。毬藻は、勉強机の引き出しにしまってあった薄緑色の小瓶をひっぱり出し、ビンの中身を飲み干そうとした。

その瞬間。

ピンポーンと、玄関の呼び鈴が鳴った。毬藻はしばらく居留守を決め込んでいたが、あまりにもしつこいので根負けして、玄関の扉を開けた。

「元気だったか？　毬藻。スマンなぁ、鍵忘れちゃってなぁ」

久しぶりの父親の姿がそこにあった。

正雄は、今月の生活費だと言って茶封筒を渡してきた。毬藻が受け取ると、父親は家の中を見回しながら、

「真人は、どうしてる？」

と聞いてきた。

「知らない。最後に姿見たのだって、いつだったか忘れた。でも、冷蔵庫の食いモンも減ってるし、コンビニの弁当とかパンとか買っといたのがなくなってるから、生きてるんじゃゃない？」

毬藻はそっけなく答えた。どうでもいい質問だと思った。

「今日な、正式にお母さんと離婚することに、決まったよ」

「えっ？」

「この家も売り払うことになると思うが、おまえはどうしたい？　一人暮らしは無理だろう。お母さんのとこ行くか？」

「兄キは、どうすんの？」

「真人だって、もう子供じゃないんだから、なんとかするだろう。自分で考えて、自

分で生きたいように生きればいいさ」

父親の言葉を聞いて、勝手なことばかり言ってるな……と思った毬藻は、

「あんなに兄キのこと可愛がってたくせに、勉強できなくなって、暴力ばっかりふるって困るから、もう邪魔になったんだろう。兄キも子供じゃないとかって、どうしてそんな無責任なこと言うんだよ。子供にとって父親は一人だし、僕らが父さんの子供だっていう事実は、一生涯消えるモンかっ！」

と叫ぶと、玄関の扉を勢いよく開いて父をはねのけ、踏んでいたスニーカーをひっかけてそのまま外へ駆けだした。

「あっ、おい。どこへ行くんだ！　毬藻！」

父親の手を振り払って夕暮れの街に出た毬藻は、無我夢中で走り続けた。涙がどんどんあふれてくる。

（父さんはなぜ、僕たち家族を捨てるんだろう。兄キの病気のせいもあるし、僕の不登校にも、少しは原因があるのかもしれない。でも、一緒に暮らしてきた家族を捨てて、新しい家族をつくろうとしているなんて、あんまりじゃないか！　お母さんとの

離婚が決まったからって、「はい。そうですか」って、僕らが許せるわけがない）

駅前まで来たとき、毬藻は、自分が父がくれた茶封筒を握り締めていることに気づいた。中身を見たら、十万円入っていた。

（家出してやる！）

そう決心した。

とりあえず中央線に乗って新宿へ行き、しばらくブラブラして時間を潰した。以前から、兄の暴力が特にひどいときには、新宿のメディアルームに避難することがあった。毬藻が何度も行ったメディアルームの店長とは、顔見知りになっている。自分のことを話したことも何度かあり、店長は、毬藻の家庭の状況をとても心配してくれていた。いけないことではあるが、ナイトパックの料金を支払えば、未成年である自分を泊めてくれることもあった。

メディアルームの店内は、インターネットの他にもビリヤードやダーツを楽しむ若者たちで賑わっていた。フロアーの個室からは、カタカタとキーボードを叩く音が聞こえる。ラーメンを啜る音や咳払《せきばら》いも聞こえてきた。人々のぬくもりや息づかいが伝わってきて、毬藻はとても安心できた。

深夜になり、一般の客に紛れて、ここを「住居」として利用する人たちが訪れる時間がやってきた。今夜も一畳個室を求め、大きな紙袋をぶら下げて続々と集まってくる。わずか一畳分の個室ブースが、彼らの特別な空間となる。中には無機質にパソコンが置かれ、フラットシートと呼ばれる寝イスが設置されている。シャワールームも完備され、「住」が揃ったメディアルームは、若い世代にとってリーズナブルな居場所になっていた。

毬藻がドリンクコーナーでジュースを選んでいると、金髪でクルクルカールの若い女性が手を振りながらやってきた。バチバチのロングまつ毛に、お洒落《しゃれ》なネイル。手にはキラッキラのデコ携帯を持っている。

「メダカ君。久しぶりじゃん」

「あっ、AYUKOさん。どーもです」

毬藻はペコリとお辞儀をした。超ド派手なメイクをしたAYUKOの背後には、野球帽をかぶった年配の男性と、イケメン俳優のような長身の男性が立っていた。毬藻とこの三人は顔馴染みで、皆、メディアルームの常連客だった。

ＡＹＵＫＯは都内のＩＴ企業で契約社員として事務の仕事をしている。昼間はおかっぱ頭の黒髪のウイッグをかぶって、地味な服装《カッコウ》で真面目に仕事をしているが、夜は新宿のキャバクラで週に二〜三度アルバイトしている。交通費を節約するために、キャバクラの仕事がある日だけ、メディアルームに寝泊まりをしている。

ＡＹＵＫＯは高校生のときに、鬱《うつ》病で苦しんでいた親友が自殺してしまった。死の直前、「これから遊びに行っていい？」と電話をかけてきた親友に「悪いけど、今度にして」と冷たく突き放してしまい、その三十分後、親友は自らの命を断った。親友の死は、ＡＹＵＫＯの心に深い悲しみの傷跡を残した。自殺を止めることができなかった自責の念が、今も彼女を支配し、責め立てている。以来彼女は、親友の死に〝報いる〟ためにと、何度も自殺未遂を起こした。左手首には、生々しいリストカットの傷跡が大きく残っている。そのため、夏でも、薄い生地の長袖の服を着ている。

野球帽の男性はみんなから「オヤッさん」と呼ばれている。四十歳だと本人は言い張っているが、ところどころ欠けた歯と皺《しわ》くちゃの顔は六十代にしか見えない。地方から東京へ出稼ぎに来ていて、日雇いの肉体労働などの単純労働で日銭を稼ぎ、仕事のないときは路上で寝泊まりをするか、二十四時間営業のファストフード店で百円のコーヒーを頼んで夜を明かす。

百八十センチの身長に抜群なスタイルと美貌を兼ね備えた青年は、シュンジと呼ばれていた。大企業の御曹司《おんぞうし》として生まれたが、両親の親馬鹿ぶりに耐えられなかったと、十八歳のときに家出をした。それ以来一度も家に帰っていない。今年で二十歳になったが、少年時代から女の子にすごく人気があり、学生時代は「王子」というニックネームで呼ばれていたらしい。今は歌舞伎町でホストをしていて、ときどきフラッとやってくる。

「優一さんは、今日は来てないんですか?」

毬藻はみんなに聞いてみた。AYUKOが答えた。

「じきに来るんじゃない。今月はずっとここで寝泊まりするって話してたから」

優一はもう一人の常連で、三十八歳独身、日雇いのアルバイトをしながら演劇学校に通っている。

「来週舞台のオーディション受けるって、優一君、張りきってたから。毬藻君も聞いたと思うけど、〝アリオン座〟っていう劇団のメンバーに選ばれるように、彼、今猛特訓してるらしいよ」

シュンジがタバコをくわえながら答えた。オヤッさんの歯のない口元がほころんだ。

「スターを夢見て頑張ってるわりには、ちっとも芽が出ないんや。やめりゃぁいいのに。優一はん、えらい頑張り屋や。ホンマえらいなぁ」

（そうなんだ。優一さんも、シュンジさんみたいにイケメンなら、少しは希望も持てるんだけどな）

毬藻は思った。優一はお世辞にも、カッコいいとは言えない。身長だって、女性のAYUKOとほとんど変わらない。演劇の勉強を頑張り続けているが、演技が特別上手いわけでもなく、上京してから数えきれないほど受けたオーディションは全部不合格だった。エキストラの経験はあるが、通行人役なのにカメラを意識しすぎてわざとらしい演技となり、何度も監督から注意をされた末、撮影現場から追い出されたこともある。週に一度、夜間の演劇学校に通っているらしいが、そこでもどうやら講師たちから迷惑がられ、鼻つまみ者になっているらしい。それでも、必死に未来を夢見て、希望に燃えて生きている、不滅の夢追い人だ。

ちょうどそこへ、親しみのこもった、やさしい微笑みを浮かべながら優一がやってきた。

「やぁ、毬藻君。しばらくぶりだったけど、どうしてた？」

久しぶりに見る優一はゲッソリとやせ細り、別人のようになっていた。生活苦が瞼《まぶた》に暗い影を落とし、実年齢よりもずっと年老いて見えた。着古したグレーの長Tシャツとボロボロのジーパンが、いっそう悲壮感を漂わせていた。

「大丈夫ですか？　かなり疲れてるみたいだけど……」

毬藻が尋ねる。

「ここんとこ日雇いの引っ越しのバイトが忙しいし、学校の練習は厳しいし、ちょっとね。体力的にも若くないから、おじさんだから仕方ないけどね。アハハハハ」

優一が力なく笑うと、

「それにしたって、やつれたんじゃない？　みんなもそう思わない？」

と言って、ＡＹＵＫＯが心配そうに優一を見つめた。

「十社くらい派遣登録して、かけもちで道路工事とか、企業の倉庫整理とかもしてるんだけど、自分はまだ仕事があるだけ、ありがたいよ。派遣切りになった仲間も、たくさんいるんだよ。不景気だしね。俺ら、『ワーキングプア』だから、仕方ないけどね」

『ワーキングプア』――働いてはいるが生活するのも苦しい貧困層のことである。〝労働者派遣法〟の規制緩和によって派遣労働者に業種の制限がなくなり、肉体労働や単純労働にも派遣という働き方が適用されるようになり、それまで正社員だった人たちが不安定な雇用状況に放り出された。使い捨てにされ、稼いだ賃金は派遣会社にピンハネされた結果、どんなに働いても所得が低いままの若者が増加して、深刻な社会問題になっている。

「オーディション受けるのにまとまった金が要るんだけど、これ以上もう借金できないしな。寝る時間を削ってでも、金を稼ぐよ」

優一の顔は決意に燃えていた。疲れきった土気色をした顔とは対称的に、キラキラと光り輝く瞳がまぶしかった。

「こんな生活、いつまでも続けてたらまずいよね。頑張れ。優一君。うちらも応援するよ」

ＡＹＵＫＯが励ますと、オヤッさんも力強く、

「そやなぁ。銭貯めなアカンな。優一はんはみんなの希望の灯火《ともしび》や。がんばりや」

と応援した。

仕事が日雇いで、それもたまにしかない。住所もないから履歴書にも書けない。これから自分たちがどうなるのかさえわからない。生きているのに、幽霊になっているような状態が続く。若者たちの希望の芽が摘み取られていく。いったい、なんて時代に生まれて、生きているんだろう。このメディアルームで顔見知りになった者たちは、年齢も生まれ育ってきた環境も違うものの、みんななにかしら心の苦しみを背負って生きている。

毬藻もまた、兄の家庭内暴力、学校でのいじめ、家族崩壊とズタズタになった心の隙間を抱え、社会の吹き溜まりのようなこの場所へやってきた。ここでの出逢いによって、自分が身の毛もよだつような恐怖と殺戮の世界へ導かれ、引きずりこまれてゆ

くことも知らずに――。

〈第三章〉

突然、軽やかに携帯メールの着信音が鳴った。毬藻は慌ててメールを開いた。麻里花だった。

わらわ　あたわは　まさ◯◯　☺　　麻里花

不可解な文字の羅列を見た瞬間、

「すみません。僕ちょっと」

毬藻はジュースを飲みながらおしゃべりをしているみんなを残したまま、自分が借りた個室ブースの席に戻った。これは麻里花が、自分の携帯番号を教えるための隠語だと思った。携帯の端末数字の並びを文字に置き換えた暗号だ。毬藻はさっそく、暗号化されて送られてきた彼女の番号へ電話をかけた。呼び出し音が鳴る。

「はい。麻里花です」

「あ……あの僕です。ヘタレです。本名は目高毬藻といいます。はじめまして、よかった、やっぱ、麻里花さんの番号だったんだ」

「ヘタレ君？　こんにちは！　よかったぁ。ちゃんとわかってくれたんだ。だめもとで私の番号、メールしてみたんだけど」

麻里花の声は、本当に蚊《か》の鳴くような小さな声だった。毬藻も、自分の携帯番号を教えた。

「ねェ……。ヘタレ君って、人間の体とか、拷問《ごうもん》とかって興味ある？」

麻里花は唐突に聞いてきた。

「えっ？　ご……拷問？　どうして？」

なんでいきなりそんなことを聞いてくるのか、毬藻は少し面食らってしまった。

「あのね。『メフィストフェレスの肖像』ってホームページがあるんだけど、ちょっと見てくれるかな？　あっ、ゴメンね、誤解しないでね、別に変な意味じゃないの。このホームページ、中世の拷問の歴史とか、魔女狩りの歴史とか、そういうの紹介してるの。オカルト的なものって、興味あるでしょ?」

「実は今、新宿のメディアルームにいるんです。僕、とうとう家出しちゃったもので、自宅のパソコンじゃないけど、メディアルームのパソコンならここにあります」

毬藻は困惑した表情で、目の前にあるパソコンの電源を入れた。麻里花に半分無理矢理教えられたURLを入力して、メフィストフェレスの肖像というホームページにアクセスしてみた。

まず最初に、巨大な目の形をした古代エジプト時代の象形文字、ヒエログリフがあらわれた。ヒエログリフとは、ギリシャ語のヒエログルフィカに由来し、『聖刻文字』と訳されている。ロゼッタ・ストーンに描かれた文字としても有名で、石の神殿にくっきり刻まれた古代文字だ。神秘的で美しく彩色されたヒエログリフは、それだけを見ると絵と見間違うほどきれいなものもある。

ホームページに描かれた巨大な目は、ウジャト(完全なるもの・幸福のシンボル)として知られている。他にも、アシの稲やコブラや足(ひざから下)の記号のようなヒエログリフがモニター画面いっぱいに広がっていた。スカラベ(太陽のシンボル)やアヌビス神（ジャッカルの頭をもつ冥界の神）やミイラの姿が、緻密《ちみつ》なイラスト画として描かれていた。

「綺麗なイラスト画でしょ？　これ、管理人のメフィストさんが全部描いたんだよ」

彼女は自慢げに笑った。麻里花の話しているとおり、とても美しい作品だった。

クリックして次の画面へと進むと、中世の異端審問に使われた、美しいドレスを身にまとった鉄製の彫像「鉄の処女」をはじめ、首切り装置としてギヨタン博士が発案した処刑マシーン（ギロチン）など、拷問器具の記事が詳しく紹介されていた。

「メフィストさんはね、オカルト研究家なの。拷問マニアでもあるのよ。いろんな国の拷問器具とか、拷問の歴史に詳しいの。すごいでしょ？」

麻里花はこのホームページの管理人にとても好意を寄せているようだった。ホームページで見る限り、この人物は、確かに拷問史に詳しい人物のようだ。世にも恐ろしい仕掛けが仕込まれた残忍な処刑具を、項目別にわかりやすく写真やイラスト画で紹介している。なかでもギロチンは彼の一番お気に入りらしく、ていねいに紹介されていた。

フランス革命の象徴的存在となったギロチンは、一瞬にして首を切り落とす処刑器具だ。いわゆる首切り台。十七世紀、ルイ十六世と悲劇の王妃マリー・アントワネットが断頭台の露と消えたことは、歴史に語り継がれている。

『ギロチン見物は当時のヨーロッパ人にとって最大の楽しみであり、処刑があると聞けば遠い異国からも人々が集まってきた。ギロチンの処刑は、エッフェル塔見物より人気があったそうだ。文学者ジルベールの「人が死ぬのを見る喜びを最高レベルに昇華した、芸術的にも素晴らしい、偉大な人類の最高傑作である」という言葉に、私は深い感銘を受けた』と管理人のコメントが載せられていた。

管理人は、とりわけ暴君ネロ（ローマ皇帝）のおこなった悪政を素晴らしいと評価していた。古代ローマで最も人気のあるエンターテインメントだった死刑見物、奴隷《どれい》と猛獣の戦いや、闘技としての「殺し合い」やショーとしての殺人が繰り返しおこなわれていた、コロシアムに代表されるような円形劇場の跡が現在も残っている。処刑日には、十万人の民衆が競技場に集まったという。ネロは酒を飲み、豪華な食事をしながら、残酷ゲームの様子を貴賓《きひん》席から見物して楽しんでいた。

ホームページには他に、古代から中世・近世にかけての拷問史や処刑法が詳しく紹介されていた。牛や羊のように人間の手足をぶった切ったり、吊したりと、人間というものはどうしてこんなに残酷な生き物なのだろう。処刑のオンパレードだった中世ヨーロッパでは、十五〜十七世紀にかけて魔女狩りが奨励され、怪しげな密告から魔女裁判にかけられた者が大勢命を奪われた。

近世においては、絞首刑の変形として〝ガロット〟と名づけられた殺人マシーンによるギロチン型絞殺刑が開発された。機械化の発想を取り入れ、人間を機械的に絞殺するという、画期的な処刑法だ。

〝ガロット〟とは、車輪を意味する言葉で、車輪がついた椅子の形をした処刑台である。死刑囚は、両手を縛られた状態でこの椅子に座らされる。椅子の背には、穴があいた垂直な柱がついていて、この穴に麻縄が取りつけられている。死刑囚が座るとこの輪が首に回され、棒状のものがこの輪の先に差し込まれると、処刑人の合図と一緒にグルグルと回転してねじられていく。輪が絞られると同時にきつく首が絞め上げられて、死刑囚は絶命する。

ガロットはしだいに進化し、三～四回ねじをひねるだけで確実に死を招く、すぐれた殺人処刑器具になった。首の折れる音がして死刑囚の顔が紫色に変わるなど、残忍さではかなりのものだが、死ぬまでに長い時間がかかる残酷さや、ギロチンのように血飛沫が上がって首が転げ落ちるといったような派手なパフォーマンスがないために、センセーショナルな芸術性に欠ける。管理人は、それが微妙に残念だと評し、

「一世を風靡したギロチンに比べれば、ガロットはタイヤのない車や、穴の開いた靴下と同じだ。価値のないものだ」

と断言していた。実際の死体はホームページに載せられないので人形だと思われるが、顔の部分にモザイクがかけられた人間のような物体がガロットに座らされた画像が載せてあった。かなりグロテスクで気味の悪い、異様な光景だった。

「ヘタレ君も会員にならない？　会員になると、メールマガジンが送られてきたり、オフ会とかもあって、けっこう超楽しい♡　ねっ、そうしようよ♡♡」

麻里花は勧誘をはじめた。自身もよくこのサイトへ遊びにいくという。

「あっ、でもそういうの、僕あんまし、得意じゃないので」

断ろうとしたが麻里花は一時間以上一人でしゃべり続け、気の弱い毬藻は電話を切ることもできず、延々と続く勧誘を断る勇気がなかった。結局、麻里花に勧められるまま、ついに怪しげなホームページの会員になることを承諾してしまった。

最後に麻里花は、自分の写真を毬藻に送るので、毬藻も写真を送ってくれるように頼んで、電話を切った。

そのとたん、メールの着信音が鳴った。父親からだった。今どこにいるのか、とても心配しているようだった。


翌朝、毬藻は自宅に帰ることにした。父が母との離婚を考え直すと約束してくれたため、帰ってみる気になったのだ。ＡＹＵＫＯたちと別れて家に戻ると、昨晩の奇妙なホームページを思い出した。自宅のパソコンからフリーメールで会員登録をした。そのとき、メールが二通届いていることに気付いた。

一通めは、麻里花からのＨＴＭＬメールだった。ＨＴＭＬメールとは、ホームページのように、画像がついたり背景・文字装飾が施されたりしたメールである。そこには約束どおり、写真が貼り込まれていた。制服を着た、長い黒髪の美少女が写っている。少女は、毬藻の大好きなアイドルタレントに似ていた。

（超美少女！　ラッキ〜！）

「かっ、可愛い。麻里花って、こんなに美少女なんだ」

想像していた以上に輝く笑顔が眩しかった。

さて、と毬藻は考え込んだ。自分の写真なんて送ったら、もう二度と彼女から連絡が来なくなるのではないかという不安が頭をよぎる。超イケメンのシュンジの写真をもらって送りつけるような小賢《こざか》しいマネをしたところで、いつかは本当の自分を知られるときがくるだろう。実際に会ったときのギャップが激しくて嫌われるよりも、本当の自分を見せて嫌われるほうが心の傷も深くないだろう。だいいち、シュンジと僕じゃ、年齢差がありすぎる。

自分は王子様でもなければ、夢みる夢男でもない。毬藻は一生懸命、自分なりにカッコいい（と思えなくもない）写真を一枚選んだ。そして、自分もＨＴＭＬメールを作成して彼女に送った。

十分後、携帯電話が鳴った。彼女だった。

「ヘタレ君？　メールどうもありがとう。私の思ってたとーり♡　ヘタレ君ってスッゴイカッコよくって、ビックリしちゃった。とってもハンサムなんだね」

とクスクス笑っている。

「えっ？　よかったぁ〜。僕嫌われるんじゃないかって、ヒヤヒヤしてたんです」

「ううん。そんなことないよ。すっごいイケメン、超私のタイプだよ♡」

麻里花の声は、ボソボソと話していて聞きづらい。でも、よく聞くと音程の高い、可愛らしい声をしていた。

「あっ、ホームページの会員になってくれて、ありがとう。メフィストさんて、自主製作で映画もつくる、映画監督までこなしてるマルチな才能を持ってる人なんだよ♡　彼は天才よ。イラストレーターでもあり、小説家でもあり、魔法みたいに次から次へと、独創的《クリエーティブ》で斬新な作品を、どんどん生みだしていくの。偶然、彼のブログ見て、すっかりハマッちゃったぁ♡　私のなかで、彼は世界一尊敬できる、大切な人なんだ」

夢見る少女のように、麻里花はうっとりとメフィストと名乗る男性についての説明を続けていた。上の空の毬藻は、聞いているふりをして全然聞いていなかった。正直、好意を持っている女性から他の男性の話題を長々と聞かされるのは、けっこうつらいものがある。

「私の話、ちゃんと聞いてる？」

「えっ、聞いてます」

毬藻は突然の詰問に動揺した。毬藻の様子がわかったのか、麻里花は少し、怒っているようだった。

「人の話、きちんと聞けないと嫌われるよ。だからヘタレ君って友達ができないんだね」

彼女はそう言って毬藻を冷たく突き放した。その言葉を聞いたとたん、カチンときた毬藻は、押さえていた感情を爆発させ、劣等感を麻里花にぶつけてしまった。

「ネットのハンドルネームと同じで、どーせ僕は友達もろくにできない、ヘタレです！生きてるのって、しんどい。いっそのこと僕なんか、この地球上から消滅してしまえばいいんだ。こんなヘタレ野郎！　生きる価値もないっ！」

思わず、自分を卑下する言葉が次々と口から飛びだした。兄と差別されて生まれ育ってきた自分の生い立ち、影山兄弟から受けている学校での耐えがたいいじめ、そのため不登校になって不透明なままの未来に対しての絶望感。マイナスでネガティブな感情ばかりが、自分を支配して動かしている。

不運な自分の人生についての不満や悩みを誰かに聞いてもらえるだけでも癒されるものだった。また、そうすれば、「自分が自分を嫌いでどうするの。まずは自分を信じて、好きになることからはじめなさい」と意見してくれるのが普通だと毬藻は思っていた。でも、彼女は違った。

「仕方ないよ。だって、それがヘタレ君の運命だモン」

あっさりと「運命だモン」と言いきった麻里花は、哀れみと同情が入り混じった複雑な声音《こわね》でつぶやいた。

「人にはね、それぞれ、天から与えられた運命があるの。わかった？」

諭すようにゆっくりと、麻里花は電話の向こうから問いかけてきた。

「えっ？　確かに運命は存在するとは思うけど……、じゃあこのまま、僕には一生、こんな苦痛な人生が続くんですか？」

毬藻はやりきれない感情でいっぱいになった。

「ヘタレ君が不幸なのは、最初からそう決められて生まれてきたんだから当然なの。運命・天命・宿命って、あるでしょ。全部決まってんだモン。ヘタレ君が悪いわけじゃないのよ。仕方ないの。運命なんだモン。お金持ちに生まれてくるのも運命だし、貧乏人に生まれてくるのも運命なんだモン。運命以外には、なにもないの。それが現実なの。いくら頑張って無駄な努力を続けても、運命にはかなわない。人間の努力でどうにかなるモンじゃないの。運命の流れには逆らえない。私たちは枯葉の小舟みたいに運命の流れに従って導かれて、運命の壮大な大海原《おおうなばら》を旅していくだけなんだモン」

すべては運命だとあきらめきった麻里花の言葉を聞いて、毬藻は無気力感に苛《さいな》まれ、すっかり消沈してしまった。

「実は僕、じいちゃんの形見で魔法のクスリを持ってるんです。それ飲んじゃうと、すぐに死んじゃう毒薬なんですケド。やっぱ、それ飲んで死んだほうがいいですかね？」

「…………」

「今まで、運命って、自分の力で絶対に変えられるモンだって、思ってたんですケド。人間の力じゃ、どうにもならないんですね。生まれた瞬間に決まってるって、知りませんでした」

お互いに無言になって、沈黙が続いた。

「一度、本気でその毒薬飲んで、死んじゃおうと思ったんです。そうですよね。あのとき飲んじゃえばよかったかな。そうすれば、この世にまだ未練たらしく、生きてなくてすんだのに」

「そんなに自分を責めちゃダメだよ。私も運命は自分の力で、絶対に変えられるなんて本気で思ってたモン。このこと、メフィストさんに教えてもらって、やっと理解できたんだモン」

「薄緑色の小さなガラス瓶に入った、猛毒なんです。コブラの……」

毬藻は泣きだしたいのを必死でこらえながら、無理に明るく振る舞った。

「すごい。ヘタレ君。コブラの猛毒なんて持ってるの?」

「じいちゃんが蛇屋やってたんで……。双頭の頭を持ったコブラの剥製もありますよ」

「ふーん」

麻里花はとても興味ありげにいろいろなことを聞いてきた。幼いころに祖父と蛇取りに行った高尾山での思い出や、近所に住んでいるいじめっ子の影山三兄弟の極悪ぶりなどを話すと、彼女は真剣に話に聞き入った。影山三兄弟の話のなかで、

「あいつら全員、天罰《てんばつ》がくだっていなくなっちゃえばいい」

と毬藻が愚痴ると、

「そうだよね。悪いことして、罰《ばち》が当たるのは当然だモン。そういう子たちは、今に制裁を受けると思う」

と意見に同調してくれた。

「ヘタレ君て『ファウスト』みたい」

「ファウストって、あのゲーテの文学作品の『ファウスト』ですか?」

「そっ、ファウスト。悪魔に魅入られた哀れな老学者。悪魔に自分の魂を売り渡して救われた、物語の中に登場してくる人物だよ」

毬藻は以前、『ファウスト』を図書館で読んだことがあった。神との賭けに挑んだ

悪魔メフィストフェレスが、年老いて自分の研究意義に懐疑的になっていた正しい人間ファウストを誑《たぶら》かして、悪の道にひきずりこもうと策略を企む話であった。復活祭の夜、ファウストは人生を悲観して、大事にしまっておいた茶色の小瓶の毒をあおって死のうと思いつめていた。しかし、鐘の音と天使の合唱の声に死を踏みとどまる。尨《むく》犬の姿でファウストに近づいた悪魔メフィストフェレスは、一度はファウストの呪文で正体が露呈して退散するが、次に貴公子の姿でまたもやファウストの前にあらわれ、「時よ、とどまれ。おまえはじつに美しい」と口にしたら悪魔の下僕になるよう約束させる。魔力によって若々しい青年の姿となったファウストは恋に落ちる。ところが、メフィストフェレスに騙されたファウストは、恋人となったマルガレーテの母親を毒殺し、決闘を挑んできた彼女の兄を刺し殺す。ついに発狂したマルガレーテは、ファウストとの間に生まれた子供を池に沈めて殺してしまった。ファウストはギリシャ神話や中世のゲルマン世界、神聖ローマ帝国の宮廷と、非現実的な世界を飛び回り、小さな人工生命体《ホムンクルス》を誕生させるなどしたが、どんな快楽にも飽き足らず、どんな幸福にも満足せず、悪魔と魔法の力で暴虐の限りを尽くしてゆく。やがて、最高の刹那の中であの言葉を口にする。――時よ、とどまれ。おまえはじつに美しい……と。時計の針は止まり、約束どおりファウストの魂は悪魔のもとへ連れ去られようとするのだが、かつての恋人があらわれて救いを願ったため、彼の魂は天国へ導かれるという結末だった。

毬藻は、大きな溜息をついた。

「自分の人生に懐疑的になって、毒杯をあおって死のうとしたファウストに、僕は似てるといえば似てるかもしれない。僕だって目の前に悪魔があらわれて、僕を唆したりしたら、ファウストと同じように悪魔の言いなりになってしまうかもしれない」

「ヘタレ君のメフィストフェレスは、もしかしたら可愛らしい少女の姿で、あらわれてるかもしれないね。私みたいに」

「麻里花さんは、悪魔なんですか？」

「キャハハ、ヤッダー冗談だってばぁ！　でも女性は魔物や化け物だって、よく言うじゃん。魔界からやって来た悪魔かも、ヘタレ君も十分気をつけてね！　私を好きになったら、火傷《やけど》しちゃうぞ♡♡」

毬藻は、麻里花に翻弄《ほんろう》されている気がした。

そのとき、さっそく、「メフィストフェレスの肖像」からメールマガジンが送られてきた。

「あっ今、メルマガが届きました。じゃあこれで、楽しみに読ませてもらいます」

そう言って、毬藻は彼女からの電話を切った。

メルマガには、おどろおどろしい言葉で、オリジナルの短編小説が書かれていた。小説の内容は、新世界を支配する神と呼ばれる超能力を秘めた少年が、仲間を集めて荒廃しきった社会と対決し、世界を征服するという、きわめて古典的なファンタジー小説だった。メルマガの片隅には、メフィストフェレスの肖像の管理人のプロフィールも一緒に届けられていた。毬藻は絶句した。シュンジ《ゼット》の倍以上の超メガ級イケメンが微笑みかけていた。これだけの美形なら、女性がひと目惚れしてしまうのもわかる気がした。麻里花は「作品が素晴らしくて大ファンになった」と話していたが、それは嘘だと思った。麻里花はこの男性の容姿に惹かれているんだと直感した。こんな超メガ級イケメンこそ、麻里花の恋の相手にふさわしい。毬藻は、レモンの味に似た、少しほろ苦い失恋気分を味わった。

林　忠（はやしまこと）

カリフォルニア生まれ

芸術家である両親の仕事関係でＮＹ（ニューヨーク）在住が長かったが、一年前に日本へ帰国。フランスで美術留学の経験もある、芸術界のサラブレッド。インターナショナルな経歴の持ち主——と紹介されていた。うさん臭く怪しい気もしたが、超メガ級イケメンであることだけは間違いなかった。

毬藻は、パソコンにもう一通メールが届いていたことを思いだした。見覚えのないメルアドからだった。

おい　メダカ野郎

おまえ　死にたいんだろ

だったら　ほんとに殺してやるよ

覚悟しろや

血の海に引きずり込んでやるからな

血溜まりのなかで　死ね》

「地獄の大君主」の一人　――光を愛さぬ者――

毬藻はメールを見て仰天し、血の気が失せた。自分を「メダカ野郎」と名指ししているることから、影山たちの仕業かもしれなかった。普段から、ＢＢＳなどにうさんくさいカキコミをしていると、こういった迷惑メールが送信されてきたりするものだが、今回は特別、不気味さを感じてしまった。しかしただのイタズラだと自分に言い聞かせて、メールを消去した。

だが、自分の個人情報が相手にわかってしまっているのかと思うと、不安になった。見えない何者かによって狙われているかもしれないという恐怖感で、頭の中がいっぱいになった。

コンコンとドアをノックする音がして、父親が部屋へ入ってきた。

「帰ってきてたのか？　毬藻。嫌な思いばかりさせてすまなかったな。父さん、もう一度よくお母さんと話し合ってみるよ」

「うん」

「それから、さっき担任の先生から連絡があったぞ。夏休みになる前に、できる限り出席してほしいって。おまえがどうしても嫌だったら仕方ないけど、行ってくれたら、お父さんうれしいな」

カレンダーを見ると、来週から夏休みだった。毬藻は、父親にこれ以上心配をかけてはいけないと思った。

「うん。わかってるよ」

その言葉を聞いて、父親は安心したようだった。

「父さん、僕がちゃんと学校へ行くようになったら、家族みんなでまた仲良く暮らせるかな？」

毬藻は聞いてみた。

「みんなで仲良くか。そうだな」

父親は寂しそうに笑った。

「真人の病気が治ったら、もしかしたらできるかもしれないな。とりあえず、今日はこれで帰るからな」

そう言い残して、父は帰っていった。帰った先が不倫相手のもとであることを、毬藻もはっきり知っていた。


翌朝学校へ行くと、影山兄弟が三人とも行方《ゆくえ》不明になっていると、大騒ぎになっていた。毬藻は鈴香先生に詳しい情報を教えてもらおうと思い、保健室に入った。白衣を着た鈴香先生が顔を覗き込んで声をかけてきた。

「目高君、久しぶりだね」

「お久しぶりです、先生。休み時間なので、影山たちのことを先生に教えてもらいたくて……」

「そうなの。影山君たち、おとといの夜から行方不明になっちゃったの。ご両親が警察に捜索願いを出して、警察だけでなく近所の人も加わって必死に探してるんだけど、全然見つからないんですって、有名な幽霊屋敷、君も知ってるでしょ？　あの近くで失踪《しっそう》したらしいの」

毬藻の家から少し離れた場所に裏山があった。幼いころ、よく祖父に連れられて蛇取りに出かけた、あの思い出の山だ。裏山の雑木林に古い洋館が一軒建っていて、その隣には戦時中に軍用施設として使われた建造物があり、そこは崩れかけた廃墟になっていた。広大な敷地に鉄柵がはりめぐらされ、その中にまるで幽霊屋敷のようにぼうっと灰色の影が浮かび上がっている。その周辺は昼間でも薄暗く、暗い建物の中は壁がボロボロに朽ち果てていて、窓ガラスの破片が散乱していた。夕暮れになると、建物の床下から、いるはずのない人々の呻き声や絶叫が響きわたる怪奇現象があるとも囁かれる、噂の心霊スポットだ。天気が悪く、何日も雨が降り続いた曇った日などは、鉄柵の周辺に青白い人魂のような光がいくつも火の玉となって浮かび上がっているのが見えるという。そんな怪談や奇談が生み出される、都市伝説的な場所《エリア》でもある。

ここには、近所の人々も気味悪がって、もう何十年も前から誰も近づかない。地底深くに巨大な地下迷宮が広がり、戦時中は旧日本軍によって極秘に人間の解剖や薬品実験や殺人兵器の開発がおこなわれていたという噂もあった。実際に、極秘の軍用施設があるということでアメリカ軍から激しい爆撃攻撃を受けたらしく、今でも付近の山林から不発弾が発見されることがあった。

先生は毬藻に聞いた限りの話をしてくれた。おとといの深夜にたまたまこの洋館の前を車で通りかかった会社員は、女性の叫び声が聞こえたので急いで車を降りて、鉄柵の近くまで来た。すると、青白い顔をして蝋人形のようだったが、金髪の巻き髪に外国人の顔をした死体が転がっているのが見え、驚いた会社員は必死に逃げ出した。その途中、誰もいないはずの洋館に明かりが灯っており、その近くには原付バイクが一台止まっていて、少年らしき三人の人影が洋館の中に入っていくのを目撃したのだという。今朝には、洋館に止まっていたのが盗難バイクで、盗んだのはどうやら影山たちらしいということもわかっていた。

（そうすると、昨日のイタズラメールは、影山たちの仕業じゃないのかもしれない……。じゃあ、いったい誰なんだろう）

毬藻が首をかしげていると、

「あっ、いけない」

と言って、先生は慌てて両手で口を塞《ふさ》いだ。

「警察から、人に話をしないように注意されていたけど、けっこうしゃべっちゃったわね。絶対に秘密よ」

「あっ、はい。わかりました」

「私は君を信用してるからね。おうちの事情も大変だけど、君もあんまりいろいろなこと、一人で考え込まないようにしてね。先生、本当にいつも、君のこと心配してるのよ」

「先生、運命って、生まれた瞬間から決まってるって本当ですか？」

「あら、どうしたの？　ずいぶん難しい質問ね」

毬藻は保健室のイスに腰を下ろした。先生も座って、二人で向かい合って話しはじめた。

「人間というのはね、幸せに生きるために、生まれてくるの。だから、最初から運命が決められてるっていうのは間違ってるわね。人は、幸せに生きるようにできてるものなの。幸せじゃないと感じるのは、自分を歪めてしまっているからよ」

先生はボールペンを持ってきて、メモ用紙に大きく運命と書いた。字のごとく、命を運ぶこと。つまり、自分で命を引き連れて、生きていくことだと説明した。

さらに先生は、

「他人と過去は変えることはできないけれど、自分と未来は変えることができるのよ」

と断言した。

「蓮《はす》の花は泥の中に、綺麗な花を咲かせるのよ。先生はね、毬藻君にも立派な大人になって、いつの日か絶対に、大輪の花を咲かせてほしいの。生きてるってことを、素晴らしいって思える人間になってほしいの」

その言葉を聞いて、毬藻には否定的な感情が湧き起こった。

（生まれてきたこと、後悔することあっても、感謝なんて絶対できねーし）

そしてつい、本音を漏らしてしまった。

「僕は夢なんて言葉、大嫌いです」

先生は悲しそうな表情を浮かべた。

「未来を夢見る力……、それが、明日を生きていく力を生み出すパワーになるわ。夢だけは失ってほしくないって、先生いつもそう願っているの。若い人たちに、もっともっと夢をみるパワーを創り上げてほしいのよ。夢を失くしてしまったら、生きていく希望が掻き消されてしまうじゃない」

だが毬藻は、冷ややかな視線で先生を見つめるだけだった。

（社会がこんなふうになってしまっているのは、全部、先生たち大人が悪いからじゃんか）

夢を見たいと願っていても、挫折し、埋もれていく若者たちの無念な思いを、大人が、そして先生が、本当にわかっているのか疑問だった。空々しい言葉で、綺麗ごとばかり言う大人たち。ますます、不信感が募る。夢を叶えるなんてとうてい難しい状況で、困難な日々と闘いながら歯を食いしばって生きている優一のような若者の姿を見せてやりたかった。蓮のように見事な花を咲かせる前に、若者たちの未来を託した希望の種は泥沼のような世の中に汚濁され、腐っていくじゃないか。夢を想い描いて努力を続けても、環境が絶対にそれを許さないのだ。少なくとも、自分にはそう思える。虐《しいた》げられた若者たちは、過酷な現実に縛りつけられたままズタズタにされ、閉塞して荒《すさ》んだ社会の片隅で小さくなって、無気力にされたまま、廃人のように生きていくしかない。

夢を叶えることができる連中は、恵まれた場所で生まれ、愛情という肥料をたっぷりと与えられた温室育ちばかりだ。生まれ落ちた土壌が固い荒れ地じゃ芽も出ない。

さまざまなことを考えているうちに、毬藻は優一のことを思い出した。そういえば、今日はアリオン座のオーディションの結果発表がある日だった。優一はどうだったんだろう。

毬藻は保健室を出ると、優一にメールをしてみた。だが返事は来なかった。

休み時間が終わり、教室に戻って席についた。影山たちがいなければ、毬藻をいじめようとする者は誰もいなかった。

（あいつらなんて、もう二度と学校へ来なければいいのに……。行方不明だって？いっそのこと、この世界から消え去ってしまえばいい）

毬藻は、帰宅すると、自分の部屋のドアが開いていることに気づいた。学校へ行く前に、確かにきちんとドアを閉めておいたはずだ。パソコンのスイッチも、切ったはずなのに入っている。すぐに調べてみたが異常は見つからず、ただの勘違いだろうと自分に言い聞かせた。

携帯電話から何度メールしても、優一から返事は来なかった。毬藻はＡＹＵＫＯの携帯に電話をかけてみた。

「あっ毬藻君。実は優一君、大変なことになってんの。今から、新宿来れる？」

嫌な予感がした。毬藻は、急いで服を着替えてメディアルームへ向かった。

店の奥に入ると、別人のようにやせおとろえ、疲労困憊《こんぱい》した優一の姿があった。毬藻は黙って優一の隣に座った。優一は無表情のまま、なにも話さなかった。無気力・無関心で全く反応がない。魂が奪われて抜け殻になったように、じっと座ったままだった。

「死にたいな」

優一は独り言のようにつぶやいた。突然の彼の言葉にみんなが驚くと、優一はさらに誰にともなく訴えはじめた。

「透明人間になりたい。透明人間になって、自分の存在が消えればもう、誰にも迷惑かけなくてすむもんな。透明な姿になって、クリアーで無機質な空間で暮らしたいよ」

それだけ言うと優一は俯《うつむ》いた。ＡＹＵＫＯが心配そうな顔をして声をかけた。

「ちょっと、どうしちゃったのよ。なにがあったのよ！　うちら仲間でしょ、友達でしょ！　お願いだから話してよ」

優一は、顔を下に向けたまま、コクンと力なくうなずいた。

「実は俺、もう二度とステージに立てなくなった」

みんなは言葉を失った。優一は下を向いたまま、この日なにが起こったのかを、ぽつりぽつりと話しはじめた。

「全部、嘘だったんだ。アリオン座なんて劇団、はじめからウソっぱちで、オーディション詐欺《さぎ》だったんだよ」

「えっ？」

四人は顔を見合わせてしまった。

優一がオーディションを受けることになったきっかけは、繁華街の路上で見知らぬ男から渡された、『ヒーロー募集！』というオーディション企画の広告だった。舞台俳優の発掘オーディションで、応募審査料が一万五千円かかるとあったが、受けてみることにしたのだった。この日のオーディション会場は四谷にあるビルの一室で、結果は惜しくも不合格だった。優一はガックリと肩を落としてオーディション会場を出たが、そこに声をかけてきた男性がいた。

男性は名刺を渡し、自分は某TV局のプロデューサーだと名乗った。そのまま誘われて近所の喫茶店に入ると、

「TVドラマの主役をやってみないか」

という話を持ちかけられた。合格は惜しくも逃がしたものの、「俳優としてのセンスが、非常に惜しいので、自分が磨き上げて育てたい」「見所があるので、知り合いのタレントプロダクションに所属してほしい」と勧められ、プロダクションはタレント養成所と提携していて、三百万円でレッスンが受けられると言われた。優一は悩んだが、三百万円もの大金は払えないと、きっぱり断った。男はさらに、特別に免除申請を出すので百万円ではどうかと持ちかけてきた。自分の人生のなかで、たった一度のビッグチャンスなのかもしれない、百万円なら安いのかもしれない……そう思い直した優一は、田舎の両親に頼み込んで百万円を貸してもらおうと決心し、契約書にサ

インをした。「百万円は後日支払います」と優一が言うと、男は今すぐに払ってほしいと口座番号の書かれたメモ書きを渡してきた。

優一はその場で携帯から電話をかけ、両親に事情を話した。田舎の両親は「世間で話題の振り込め詐欺だ」と言ってなかなか話を信じてくれなかった。オレオレ詐欺と疑って電話をかけているのが優一本人かどうかも疑い、信じてくれなかった。しかし、三十分ほどの押し問答の末、やっと了解してくれた。しばらくして、指定の口座にお金を振り込んだと母親から連絡があった。

「お金を入金しました」と優一が告げると、男は満面の笑みを浮かべて「未来のスターは君だよ」と言い残してトイレに立った。そして、そのまま戻ってこなかった。待ちくたびれた優一が喫茶店の店員に尋ねると、裏にある別の出口から出ていったという。慌てて男の名刺の連絡先へ電話をかけると「現在、使われておりません」というアナウンスが流れているだけだった。優一は頭がまっ白になった。気を取り直し、急いで銀行に連絡をしたものの、すでに百万円は口座から引き落とされていた。

インターネットで検索をしてみると、アリオン座という劇団をでっちあげてオーデイション料を騙し取る詐欺があることがわかった。

優一は泣きながら電話をかけ、両親に詫《わ》びた。両親はひと言も優一を責めようとはせず、「田舎に帰ってこい」と言った。優一の中で、夢が無惨に音を立てて崩れていった。努力さえ続けていればなんとかなると、必死で信じ続けていた。青春のすべてを犠牲にして、厳しい現実と闘い続けてきた。その結果が、詐欺にあい、高額なお金を騙し取られることだなんて……。今からまた、すべてをリセットしてやり直す気力など、もう微塵《みじん》も残っていなかった。ここには自分の居場所がすでにないことを突きつけられた。「夢は叶うものではない」という現実を認めてしまう自分がいた。夢は夢でしかなかった。

「自殺しようかと思うんだ。それとも、無差別殺人を犯して、死刑になったほうがいいのかな。どっちがいいと思う？　悩んでるんだけど……」

みんなは沈黙していた。返す言葉もなかった。

AYUKOは目に涙を浮かべ、自分のことを話しだした。

「そうだね。透明人間になりたいって願望なら、あたしもあるかも。優一君の気持ちよくわかる。あたしもずっと苦しかったんだ。自分の存在が許せなくて、叩き壊してやりたかった。粉々に壊れてしまいたかった。自分っていうシステムを、破壊してしまいたかった。だから、自傷行為を繰り返した。自分を痛めつけてばっかだった。何度も壁に頭叩きつけたり、リストカットして、とっても苦しくて痛かった」

オヤッさんもつぶやいた。

「ホンマなぁ。雑工の仕事しながら、飯場暮らしで寂しかったんや。若いころは、時間が長くてなぁ。これが永遠に続くんかと思ったら、気が狂いそうやったわ。透明人間は昔、TVで見たんやけどなぁ、なんや、楽しそうやったわ」

毬藻も、みんなと同じ気持ちだった。自分も学校で無視《シカト》され続けたとき、本当にその場から消え去ってしまいたかった。自分がいてもいなくてもいい存在なんだと思い知ると、いっそのこと消えてしまったほうがいいと思った。自分が近くにいるだけで、みんなは嫌悪感をむき出しにした。

「みんなに無視《シカト》されても、僕は逃げられなかった。昼休みだって、じっと自分の席で置物みたいに座ってるだけだった。いつだって透明人間と同じだった」

シュンジは同調できないようで、ふざけながらしゃべりだした。

「俺もハリウッド映画で、透明人間が大活躍するの見て、すげぇカッコイイとか思ってた。女の子が風呂入ってるの、覗けたりするしさぁ」

ＡＹＵＫＯが軽蔑した表情で、

「シュンジ、最低！　このドスケベ！」

と叫び、ゴツンとシュンジのおでこにパンチをくらわせた。みんなは笑ったが、優一は無表情のままだった。

その日は、なんとなく、いつの間にか解散した。


毬藻が自宅に戻ってネットサーフィンをしていたら、アニメソングの着メロが鳴った。麻里花からだった。毬藻は、優一の出来事を話した。

「死にたいって友達の気持ち、よくわかる。無理して生きてたって、これからもっともっと、つらくて苦しい思いしなきゃならないなら、死んだほうがいいと思う」

「でも、死んだらなにもかもが終わりじゃないですか。生きてたらいつか幸せになれるときとかくるかもしんない」

「ねェじゃあ、聞くけどヘタレ君。生きてて本当に幸せだなって、思ったときある？」

「ない」

「でしょ。結局そうやって自分を騙して生き続けてたって、不幸になるだけ。人間はね、死ぬために生まれてくるの。だから、死ぬのは全然怖いことなんかじゃないの。むしろ喜びに満ちているの。誤解しちゃダメ。死は、苦しみに縛りつけられた人生から逃れることのできる、素晴らしい解決方法だよ」

「でも、どんな逆境にも負けないで、歯を食いしばって生きてる人見ると、やっぱ自殺で死ぬのはよくないと思う。人間として生まれてきた以上、頑張って生きるのが自然なことだと思う」

「この前も話したけど、運命は誰にも変えられないの。生まれたときに天から授けられてるの。自殺して死ねっていう運命が授けられてる場合もあるし、たとえ死んだとしても、それが天運だから仕方ないの。わかってるでしょ？」

麻里花の話には妙に説得力と迫力があって、言うことに逆らえなくなる。毬藻はふっと、鈴香先生の言葉を思い出した。

「学校の先生が、自分と未来は夢の力で変えられるって……」

「キャハハ、なーにそれ？　バッカみたい。夢の力？　マジでそんなモン信じてるの？　薄汚い大人の話なんて、信じちゃダメ！　こんな社会作り出したのは大人だよ。夢なんて所詮は夢だよ。騙されちゃ絶対にダメだよ」

すべてが運命だという彼女の言葉は、そのとおりなのかもしれないが、それがもし本当なら生きている意味はない。ただこのまま惰性《だせい》だけで廃人のように生き続けるしかない。ただ毎日朝を迎えて、死ぬことができないから存在する臆病者として日々を過ごすだけだ。

「過去と他人を変えることはできないけど、未来と自分は変えられるって聞いたんです。つまり『明日を夢見る力』があれば、人間は強い意志を持って生きていくことができるって」

「ウザーイ。明日を夢みる力なんてあったって、叶わない夢は絶対に叶わないのに。ただの妄想じゃん。超ダルイ。生まれたときから、人生が決まってるんだモン。役に立たない夢なんて見て、傷ついてボロボロになってくのが、そんなに楽しいの？　苦労なんてしたことないぬくぬくした温室育ちの連中が、『夢は叶うよぉぉぉ。だから、あきらめないでぇぇぇぇ』なんて、真顔で言ってるの見ると、ぶっ殺してやりたくなる」

明らかに麻里花は不愉快そうだった。

「優一さん、荒んじゃって、大量殺人したらどうかとか言いだしちゃって」

「へーェ」

「自分のこと透明人間にしてくれなんて、わけわかんないこと言ってて……。僕、もう見てられません」

「やっぱ、自殺させてあげたら？　そこまで思いつめてるんだモン。変な事件起こして、犯罪者になっちゃうより、きちんと助けてあげなきゃ。友達なんでしょ？」

「はい」

「あっそうだ。いいこと思いついた。どーせだからみんなで、一緒に死んじゃおうよ。革命を起こすの。社会に対して、命を代償にしてメッセージを送るのよ。正義のために死ぬの。素敵でしょ」

「えっ？　そんなことして、どうなるんですか」

「ヤッダー！　そんなにビックリしないでよ。大丈夫。ちゃんと安楽死できるようにすればいいじゃない。痛くなくて、楽に死ねるようにすれば、心配ないってば！　私、メフィストさんにお願いしてみる。ホームページで呼びかければ、他にもいっぱい賛同してくれる人いると思うし。一緒に闘ってくれる仲間集めないと、ダメだモン。人数多いほうがいいでしょ。彼も絶対、この企画素敵だねって、褒《ほ》めてくれそう」

　麻里花は急にはしゃぎだした。

「集団自殺って、本当にやるんですか？　仲間集めるって無理ですよ！　僕らが死んだって、世界が変わるわけがないじゃないですか」

「世界が変わるわけがないって、どうしてわかるの？　そんなこと、やってみなくちゃ誰にもわからないじゃない。ヘタレ君みたいな人が、世界を、ダメにしていくんだよ」

　麻里花は感情的に反論しはじめた。しかし、しばらくすると冷静さを取り戻した。

「一九七〇年代に、伝説のＰＦロックバンドが歌って大ヒットした曲があるんだけど、知ってる？『自分たちは無力な壁の中の一個のレンガ』って歌詞の曲。それ聞いたとき、私も最初は、自分って無力な壁の中の一個のレンガなのかなって思った。だけど、そうじゃないってわかったんだ。違う、私たちは、無力な一個のレンガなんかじゃない。体の小さな蟻《あり》だって、たくさん集まれば巨大な象を倒すこともできるんだよ。一人ひとりがたった一個のレンガだって、たくさんなくなれば、大きな壁穴をつくることができるんだモン。みんなで協力し合えば、世界は変えられる！　ドデカイ壁穴つくって、世の中にドカンと一発。でっかい風穴開けてやろうよ！」

「でっかい風穴？　世直しするって意味？」

「そっ。私たちが救世主になるんだよ。そーだ。世治死隊《よなおし》って名前どう？　カッコよくない？」

「世直しがしたいで世治死隊かぁ。面白いですね」

「でしょ！　さっき、透明人間の話題があったけど、アメリカじゃ無人偵察飛行機やロボット兵士が、実用化に向けて極秘に開発が進んでるんだって、ネバダ砂漠にある秘密基地（エリア51）って場所で、透明人間もまっ青の透明ステルス戦闘機がテストフライトされてたって話、超有名じゃん。私たちってすごい時代に生きてるんだよ。TVや映画の虚構《フィクション》だった世界が、今現実のものになろうとしてるんだよ。核兵器だって、大量殺人兵器だって、どんどん創り出されてるんだから。どう？　ワクワクしてこない？」

話題がグローバル化してきたなと思いつつ、毬藻は答えた。

「そうですね。Ｍａｃｒｏ（マクロ）的な視点で考えても、地球の未来は、決して良好だとは思えない。Ｍｉｃｒｏ（ミクロ）的な視点で考えたら、地球温暖化・地球規模の淡水危機・世界紛争どれをとっても、暗澹として絶望的ですね。特に、Ｃｏｒｅ（コア）な問題で身近に迫ってきているから世界中の人々が、結束を一段と強めていかなきゃいけないと思います。人種・思想・イデオロギーの隔りをなくして、協力し合うべきだと思います。世界の枠組みをとりはずして、地球で暮らす人々が友好を持って、お互いの国を尊重し合えるような関係を、築いていってほしいと思います。でも、現実は全く逆で中国・ロシア・インドとかの新興国は、自分たちの国益ばかりを主張して、国際情勢を無視してるような気がします。世界の武器市場では、先進国で製造したミサイルや戦車を、後進国に売りつける死のセールスマンがいるって知って、すごいショックを受けました」

電話の向こうの麻里花の声が一段と激しくなり、さらに熱弁をふるいはじめた。

「二〇一二年には、マヤの太陽暦が世界の終わりを予言してるんだよ。ファチマの予言だって、世界の終末を暗示してるんだって。近い未来、人類は最後の審判を神から下される。レアメタルや石油とかの地球資源の争奪戦によって、最終戦争《ハルマゲドン》が起こるんだよ。どーせみんな死んじゃうんだから、いつ死んでも同じだモン。一緒に正義のために、闘って死のうよ」

「だけど……」

「私の意見、間違ってないでしょ！　これは聖戦だよ。優一君って子にも、世治死隊のこと教えてあげて！　きっと、一緒に闘って死んでくれると思うから。あ、よかったら、メディアルームの他のお友達も誘ってみて」

「でも……」

「ちょっとお。ヘタレ君。さっきから男らしくないねぇ！　どうしてそう優柔不断なの！　ぐずぐずして決心がつかないなら、もう私とつき合うのやめる？　なら、もう二度と連絡してこないでっ！」

「すっ、すみません。そんなつもりじゃ。明日もみんなに会う約束してるので、そのとき、みんなの意見聞いてみます」

その時、背後でガタッと大きな音がした。毬藻は、携帯を耳に当てたまま振り返った。毬藻の部屋のドアの前に、兄の真人が立っていた。肩まで伸びた髪を後ろで束ね、灰色《グレー》のスウェットを着た青年は、虚ろな表情で立ち尽くしていた。半年ぶりに見た兄の姿だった。

「ゴメン、麻里花さん。今、兄が来たんで、また電話かけ直します」

毬藻は麻里花に告げて電話を切った。真人はつかつかとやってきて、毬藻の携帯電話を取り上げた。

「自殺するとかなんとか話してたけど、おまえなにやってんだよ」

「なにもしてないよ。それよか、兄キこそ、人の話盗み聞きすんなよ。いつからそこにいたんだよ」

毬藻は兄から携帯を奪い返した。真人は、フゥと息をつくと、うすら笑いを浮かべた。

「明朗《あきお》叔父さんが来てるぞ。おまえを呼んできてくれっていうから、来てやったんだよ」

真人はそれだけ言い残すとさっさと自分の部屋へ戻っていった。

毬藻は急いで階段を下りていくと、一階の居間でTVを見ている叔父に挨拶をした。

叔父はつい最近まで、〝ヘビ屋〟の仕事で東南アジアまで海外出張へ行っていた。

「よっ、毬藻。これみやげ。空港で売ってるこのチョコ、好きだろ。ホレッ」

自分の大好物を買ってきてくれた叔父に、毬藻はうれしくなった。

「叔父さん、サンキュー。どこまで出張行ってきたの?」

「それがな、インドネシアなんだが、あのな」

叔父はモゴモゴと小さな声でそう答えると、落ち着きのない様子でキョロキョロと周囲を見渡した。

「おまえ、だるま女って噂、聞いたことないか？　若い日本人女性がさらわれて、海外の見世物小屋で、見世物にされてるって噂なんだけどなぁ」

「うん。漫画でも読んだことあるし、ホラーノンフィクションのルポ本も読んだことある」

生きながらに手足を切断された人間を見世物にするという、とんでもない商売があるらしい。叔父はそれを、本当にインドネシアの見世物小屋で目撃してしまったというのだ。

叔父が遭遇したのは女性ではなく、三人の東洋人の少年――しかも、叔父もよく顔を知っていた影山三兄弟だったというのだ。

そこでは両手両足を切断され、眼球をくりぬかれ、舌をひきぬかれた少年たちが漏らす息だけが、苦しそうに店内に響いていた。そのうち、ショーがはじまる時間になり、残虐な殺人エンターテインメントがはじまった。音楽に合わせて、一緒に入れられていた豚とともに、少年たちは料理人たちによって調理された。給仕係の男たちが、次々とブロック肉の塊になった少年たちの肉体をテーブルに並べた。叔父は血も凍るような思いだったが、逃げ出すわけにもいかず、必死にその場をやりすごした。客は満足げに食事を楽しんでいたという。

「そんな馬鹿な話があるかって、信じられなかったよ。本当にこんな恐ろしい話ってあるんだな。だけど……まさか、影山さんとこの三兄弟が、あんな場所にいるわけないしな。でも……本当にそっくりだったんだ。まあ、世界中に三人くらいは、自分にそっくりな人がいるっていうし、他人の空似《そらに》ってあるだろうからな……」

「それ、本人たちかもしれない。影山たち行方不明になってるから」

毬藻は奇妙な興奮にかられてつぶやいた。

「えっ？　それじゃあ。やっぱり、あの見世物小屋にいたのは、影山さんの息子さんたちだったのか」

叔父は真っ青になって絶句した。そして、「信じてもらえないだろうが……」と言いながらも、とりあえず警察へ話をしに行った。

しばらくすると、パソコンにまた新しいメールが届いた。「光を愛さぬ者」という、以前と同じハンドルネームの人物からだった。

どーだい。メダカ野郎。

よかっただろ。俺があいつらを外国に売り飛ばしてやったんだ。感謝しろ。

自業自得だよ。善を褒め、悪を懲らしめる〝勧善懲悪〟の世の中だ。悪いことをしたヤツに罰があたるのは当たり前だろ。天に唾を吐けば、己にかえってくるんだよ。

次はおまえの番だ。楽しみに待ってろや。

毬藻は恐怖で全身が硬直した。光を愛さぬ者とは、いったい何者なのだろう?

翌日、メディアルームの入口で「毬藻君」と声をかけられた。黒髪のおかっぱ頭で眼鏡をかけた、地味な服装の見知らぬ女性が、目の前に立っていた。

「やだ。私だよ」

と笑い、眼鏡をはずしたその顔には見覚えがあった。AYUKOだった。

「わっ、AYUKOさん? 全然わかりませんでした」

「ゴメンね。仕事が終わんなくてさあ、着替えしてる時間なかったの。私だって、わかんなかったでしょ？」

「はい。やっぱり髪型とか服装で、全く印象とか変わりますね。ＡＹＵＫＯさんだって言われなきゃ、街で会ってもわかりませんでした」

ＡＹＵＫＯは眼鏡とウイッグを外した。同じ人物でも、服装や髪型で全く雰囲気まで変わってしまう、すごいなぁと正直思った。みんなはもう揃っていた。

毬藻は、麻里花の話をみんなにした。議論になったが意見はまとまらず、賛成派と反対派、さらにはどっちでもいいと投げやりな意見もあった。おさまりがつかなくなった状況を見かねたＡＹＵＫＯの提案によって、結論はあみだくじで決められることになった。毬藻は思った。

（命が軽い……そんな風潮の中で、命は地球より重いなんて嘘なんだと、僕らはもう知っている。命の大切さを説いたところで、僕らは誰も信じない。そういう時代に、僕らは生きている。こんな大切なことを、くじで決めてしまっていいのかと、反論する人もいるだろうけど……）

みんなの意見に押し流されるように、くじはジャンケンで勝ったＡＹＵＫＯが引くことになった。

あみだくじの線は、「世治死隊に参加する」と書かれたところにたどりついた。集団自殺することにゴーサインが出てしまったのである。

毬藻は麻里花に、「みんなで参加することに決まった」とメールした。

麻里花はさっそく、決行日が決まったと集合場所を連絡してきた。決行日は明後日、七月二十六日。集合場所は新宿駅南口。午後七時出発だった。

偶然だが、その日は毬藻の十五回目の誕生日だった。


家に帰るとうれしそうな顔をして、母親が帰ってきていた。父もニコニコして、毬藻の帰りを待っていた。しかもなんと、真人も両親と一緒に出迎えてくれた。母親は涙をハンカチで拭きながら、毬藻に訴えた。

「あのね。真人がね。コンピューター関係の仕事に就職したいから、専門学校に行きたいって言ってくれたんよ」

「真人も、やっと将来の夢が見つかったからやり直したいってな。今までのこと、本当に反省しているそうだ」

父が兄の代わりに、一生懸命に伝えてきた。

「お父さんもね。やっと相手の女性と別れる決心してくれたんよ。あんたがね、お父さんに、僕たちは一生お父さんの子供じゃないかって怒鳴った言葉が忘れられないんだって、真人も暴力やめるって約束してくれたん」

「それでだ。あさっては、おまえの誕生日だろ。ケーキ買ってきて、みんなでパーティやろう」

父親が微笑んだ。毬藻は久しぶりに両親の明るい顔を見た。まるで、突然ホームドラマの主人公になったような気分だった。

毬藻は戸惑った。今さら、みんなに「行けなくなった」とは言えない。布団に入ったまま、眠れない一夜を明かした。

朝になって、真人は母親に三十万円もらって「専門学校へ入学金を支払いに行ってくる」と出かけていった。「長いひきこもり生活をしていて、社会環境に馴染めるかしら」と心配しつつも、母はやはりどこか安心していたようだった。

その様子を見ていると、毬藻はふと、テーブルの上に自分宛の宅配便が届いているのに気がついた。差し出し人は「ドクターキング」とだけ書いてあり、住所や電話番号は全く書かれていなかった。

「ドクターキング？　誰だろう？　そんな知り合い、誰もいない」

そうつぶやきながら梱包を開くと、中から瓶に入った白い粉末と、麻里花からの手紙が入っていた。

手紙には、ワープロの字でこう書かれていた。


七月二十六日は、私たちの大切な日です。ヘタレ君のご家族には申し訳ないのですが、これは眠り薬なの。お食事のときにでもほんのちょっとでもよいので、お料理に混ぜてください。きっとすぐに、寝ちゃうと思うから。私たちの大事な計画を邪魔されたくないの。お願いね。知り合いのお医者さんから、分けてもらったの。名前は言えないんだけど。この手紙読んだら、燃やしちゃってね。あと、宅配便の箱も全部、燃やしてね。正義のために闘おう。

麻里花

手紙の後ろに注意書きのような部分があって、家を出るちょっと前に、眠り薬を混ぜた料理を食べさせて家族を眠らせるようにと指示がなされていた。

とうとう、決行日になった。母はケーキを買ってきてパーティの用意をしている。父も仕事から早く帰宅している。兄も皿を並べるなど母親の手伝いをしている。だが毬藻は密かに、スポーツバッグに荷物を詰めて、家を出る準備をしていた。麻里花からの手紙や、宅配便の箱は庭で燃やした。

麻里花から、身分がわかるものは全部置いてくるように言われていたが、学生証を持っていくことにした。やっぱり、最後のときくらい、自分がこの世に生きていたんだという証《あかし》を残しておきたかった。

毬藻は、母親が台所を出た隙を見て、クスリ瓶の白い粉末を水で溶かしてほんの一、三滴料理に混ぜた。その直後、「準備ができた」と母がみんなを呼んだ。集合する約束の時間が迫っている。ケーキを囲んで、家族がテーブルについた。毬藻は焦っていた。

「ゴメン。先に食べてて、ちょっとコンビニ行ってくる」

毬藻はそう言ってダイニングを出た。しばらくすれば、食事をした家族はみんな寝静まってしまうだろう。

(ゴメン。お父さんたち、でも仕方がないんだ。僕は、友達を裏切ることはできないから)

泣きながら家を後にして、三十分遅れで待ち合わせの場所に集合した。麻里花からは遅れてくると連絡があった。打ち合わせどおり、上野から新幹線に乗って、長野駅へ向かった。

五人とも無言だった。車窓から見える風景を、ただひたすらに見つめ続けた。毬藻は、移り変わる景色を見つめながら、死について考えていた。考えはずっと迷走していた。仲間たちの誰もが〝死〟について意識せずにはいられなかった。

ＡＹＵＫＯが、

「死ぬってどういうことなんだろう」

と問いかけてきた。

「さあ、僕らの世代ってあんまし死ぬことについて、深く考えたことなんてないもんな」

シュンジは両手を頭の上に組んでつぶやいた。オヤッさんがビールを片手に、得意げに演説をはじめた。

「昔は日常の暮らしの中に死がたくさん満ちあふれてたよ。今みたいに核家族化してないモンやから、年寄りと暮らしていると、死がとても身近な存在だったんや。病院で亡くなる老人が増えて、子供は〝死〟という自然の摂理《せつり》さえ、直接見聞きすることが少なくなったんや。死はタブーとされて忌《い》み嫌われた。鳥カゴの中に閉じこめておかれるようになったんや。警察や医療施設によって、死体はすぐに綺麗に片付けられる。死人はその姿をさらす機会を失ったんや。

死についてのイメージは、黒色で表現される。怖いものだという固定観念が先行して、おどろおどろしい薄暗いイメージやね。墓場が似合うような、怨霊や幽霊と同じような扱いを受けている。

でも、海外のどこかの国では、死は新しい世界へ旅立つための出発点であるとされてるし、唄やダンスで陽気に死者を送り出す国もあるんやて。ポジティブな発想をする民族の間では、死は喜ばしいことであると受け止めているしなぁ。死は避けられないモンや、中世の錬金術《れんきんじゅつ》じゃあるまいし、永久に年をとらない不老不死の薬を作り出すことなど誰もできへんし、そういうモンはこの世界にありえないんや」

「オヤッさん、スゲェーカッコイイこと言うね。俺らにとっては、死ぬってことじたい、ピンとこない。ゲームや漫画の虚構《フィクション》の世界から、主人公は何度だって生き返る。〝死〟は美化されて、賛美される。現実性《リアリティ》のないまやかしみたいなモンなんだよ」

AYUKOが続いた。

「あたしもそーだよ。友達が死んだって聞いたときも、しばらくは本当にそうなんだって思えなかったモン。ううん、今だってそう、まだ信じられないでいる。あれから何年も過ぎたのに、あたしの中では彼女は生きている」

毬藻は、その言葉を聞いて、思った。

（そうかもしれない。僕だって、いまだにじいちゃんの死を、信じられないでいる。理屈ではわかっていても、心の片隅ではそれを認めていない。じいちゃんは、死んだ。火葬にされた。お葬式もした。自分もじいちゃんの遺体を見たし、まっ白なじいちゃんの遺骨も見た。それでも時が過ぎれば過ぎるほど、じいちゃんは今でもどこかで生きてるような気がしてならない）

「死んだ人の魂は、どこへ行くんだろ？　シャボン玉みたいに風に乗って、空の上に飛んでいくのかな？　天国って本当にあるのかな？　じいちゃんと同じところに行けるなら、僕は安心だ」

毬藻は遠くを見つめた。シュンジがうなずいた。

「さあね。いずれにしても俺らとは違う次元の世界へ行くんだろうね。どこか遠い、死んだ人が集まる国へ」

「だから、それが天国なんや」

オヤッさんが空を指差した。

「もう、いいよ。どこだっていいんじゃない？　透明人間になって、自分が行きたい場所へ行くんだよ。自分が本当に、行きたい場所《ところ》へ……」

AYUKOは、腕組みをして座席に深くもたれかかった。そして、そのまま眠ってしまった。三人は騒ぐのをやめて、静かになった。優一はだまって俯いたままだった。

新幹線はもう後戻りのできない〝死〟の旅へと、五人を運び去っていった。

〈第四章〉

毬藻、ＡＹＵＫＯ、オヤッさん、シュンジ、優一の五人は長野駅へ到着した。その晩は駅前にあるビジネスホテルに泊まり、翌日はメフィストから送られてくるメールを頼りに電車を乗り継ぎ、最終目的地へ向かった。遅れてくると言っていた麻里花の姿はなかった。

（もとはといえば、この自殺計画は彼女が企画したんだ。本人が来ないんじゃ、話にならないじゃんか。彼女にけしかけられて、みんなをこんな計画に巻き込んでしまった……）

毬藻は後ろめたい気持ちでいっぱいだった。なりゆきだけで、とうとうこんな場所にまで来てしまった。これから本当に、自分たちは死んでゆくんだ——そう考えると腹立たしくなった。

南アルプスの駅には、メフィストが迎えに来てくれていた。ブログのイケメン写真とは似ても似つかない男だった。能面のような細いつり上がった目はよく絵に描かれるお稲荷《いなり》さんのイメージのキツネにそっくりだ。腰までのびた黒髪を垂らし、体中の骨がゴツゴツと張っていた。病的なほど痩《や》せ細った骸骨《がいこつ》のような体は、死神が洋服を着て歩いているようだった。

駅には、五人とメフィストしかいなかった。ホームページを見て、一緒に闘うためにこの集団自殺に参加しようと決意した同志など、誰も来ていなかった。麻里花はとうとう最後まで姿をあらわさず、しかもすでに何度電話をしても連絡がとれず、メールも着信拒否をされるようになっていた。毬藻は、騙されたのかなと思った。

(それとも、麻里花さんになにかあったのかも)

言いようのない胸騒ぎがした。それでも、五人ともなにか言いだせる雰囲気でなく、導かれるようにメフィストに促されて行動していた。

キツネ顔をしたメフィストは、ボロボロの白いワゴン車にみんなを押し込めた。後ろの座席に四人、助手席には体の大きなシュンジが座った。舗装されていない山道をガタガタと一時間くらい走ると、薄汚いあばら屋に到着した。山小屋のような平屋の建物で、とても古ぼけた農家らしかった。

メフィストに、ここが自宅だと教えられた。玄関の表札には「林」と書かれていた。古ぼけた室内は想像以上に老朽化していて、床を歩くたびに床板がギシギシと悲鳴をあげた。カビくさいにおいが充満して、時々ムッとするような悪臭がひび割れたガラス窓の隙間から入り込んでくる。日当たりが悪くてジメジメした壁や廊下には、ムカデがはいずり回っていた。足を踏み外さないようにしっかりと床の硬そうなところを歩き、キツネ男の後をついていった。

奥の四畳半ほどの和室には、少し大きめのプラスチックケースがいくつも積み重ねられていた。毬藻は中身を見てびっくりした。ケースの中で飼育されていたのは、蛇だった。ケースは狭い室内に何十個も壁にそってびっしりと積まれていて、崩れてこないようにケースとケースの隙間をガムテープでしっかりと貼りつけている。

キツネ男は、「飼っている蛇はみんな毒のない安全な蛇だから、咬まれても大丈夫だ」

と話したが、毬藻は嘘をついているとすぐにわかった。ヘビ屋だった祖父のおかげで、図鑑を読んだりして、見慣れない外国産の珍しい蛇の名前までよく知っていた。

「これは、グリーンマンバですか？」

毬藻は黄緑色の蛇が入っているプラスチックケースを指差した。

「この蛇はコブラの仲間で、ものすごい猛毒を持ってるんです。隣のケースに入ってるのは、ブラックマンバですか？　これも、とても危険な毒蛇じゃないですか」

毬藻の指摘した言葉に、キツネ男は、「違う」と言い張った。

上から順番にのぞいていくと、ハブ、クサリ蛇（体の模様がクサリの形をしている）、南米産のガラガラ蛇などが、窮屈なプラスチックケースの中に閉じ込められていた。

毬藻が種類をつぶやくのを聞いて、ＡＹＵＫＯが、

「スゴイね毬藻君。ヘビのこと、なんでもよく知ってるじゃん。ヘビ博士だよ」

と笑った。シュンジが、

「超カッケーじゃん」

と尊敬した顔をしてうなずいた。オヤッさんが不審そうな顔で、

「カッケーってなんの意味かわからんわ」

と言って目をぱちくりさせている。その顔がとてもおかしくて、みんなで大笑いした。AYUKOが教えてあげた。

「カッコイイって意味だよ！」

毬藻は、他人から尊敬されることの素晴らしさが、生まれて初めて、ちょこっとだけわかったような気分だった。キツネ男は不貞腐《ふてくさ》れた様子をしつつも、ふてぶてしく笑った。優一は相変わらず、押し黙ったままだった。

物置場になっている、一階にある六畳の和室で昼食を食べた。昼食といっても、キツネ男が持ってきてくれたカップラーメン一個ずつだった。自殺するまでの数日間、この部屋で寝泊まりすることにしたが、五人でごろ寝するにはかなり狭い。

キツネ男が、自殺の方法と、マスメディアに送りつける声明文の書かれた紙を見せてきた。声明文には、

——死によって天誅《てんちゅう》を下す　世治死隊
と書かれていて、集団自殺を決行する場所はなんと、勝手に国会議事堂と決められ

ていた。五人は、ネット販売で購入したらしき小型のダイナマイトを一コずつ渡された。

（この男は、国家転覆を企んでいる、テロリストなんじゃないか？）

「麻薬や拳銃の他に、たいがいのものは、インターネットで買うことができるんだぜぇ」

幽鬼のような頬のこけた顔に黒目をギラギラさせて、キツネ男は息巻いた。

「闇市場でなら、金さえ払えばどんな代物《しろもの》だって、買うことができるんだぜぇ。人の命だってなぁ」

キツネ男は有害サイトでなら、なんでも買うことができると言いきった。みんなは顔を見合わせた。

国会議事堂で人間爆弾になって死ぬように言われ、みんなは抗議した。

「話が違うじゃないですか！　僕たちは、テロリストになるつもりはないですよ！」

だが、「アメリカのカルト集団のように、青酸カリを飲んで集団自殺するくらいではインパクトがない」というのが、キツネ男の主張だった。キツネ男は悪びれる様子もなく、うすら笑いを浮かべたまま、汚いエンピツ書きの文字でいくつかの自殺の方法を殴り書きにした。

「なにも、真剣に悩むことねぇべ。ファミレスでメニューから、食いたいモン選ぶみたいに、気楽に決めていいんじゃねェーの？　イヒヒヒヒ」

そこに書かれたのは、どれもこれも、苦痛にみちた残虐な死に方ばかりだった。毬藻は気分が悪くなってきた。キツネ男には、〝死〟は芸術的でセンセーショナルでなければいけないという美学があるらしい。さらに、社会への不条理に対して、闘って死んでゆく勇姿を記録映画として残すという目的もあるらしい。だから、パフォーマンスとしてなるべく派手な死に方をしたほうが、世の人々により強くメッセージを訴えることができるという思惑があるようだった。

自殺の瞬間を撮影し、花のように、己の命の散り花を咲かせろとキツネ男は強制してきた。

「どーせ死体になるからには、より過激で刺激的な死体にならなきゃ、この世に生み出されてきた意味がない」

「死体もまた千差万別で、世界に二つと同じものはあり得ない。それぞれが、かけがえのない素晴らしい芸術作品になる」

キツネ男は次々に持論を展開した。アメリカでは死や恐怖はビジネスであり、死と恐怖は本質が似ていて、結びつけて考えられている。人類最大の関心事は、死への恐怖だという。古来から古代人は、生命がおびやかされる死への恐怖に崇拝の念をもち、敬い、あがめた。

「ほんの少し、たった一秒前まで生きていた人間が、死んだらただの肉の塊になる。その境界線がどこにあるんだろうなあ。石のように固くなって、動かなくなった死体は置き去りにされる。魂は光の玉になって、死後の世界へ行くんかな？　死者は腐敗して、その体は醜く歪む。どんな美しい肉体だって、死ねば終わりだ。醜怪な腐肉に変わる。俺はその瞬間が、もっとよく知りたい」

恍惚《こうこつ》とした表情を浮かべながら、キツネ男は自分の言葉にうっとりと酔いしれていた。

「ねェ。あんたの話ってさぁ。自分のためにだけ、うちらを自殺させようとしてるみたいにしか、聞こえてこないんだけど」

ＡＹＵＫＯが不審そうな顔で切りだした。オヤッさんも怒っていた。

「俺たちは、役者じゃねぇよ。あんたの作ろうとしてるドキュメンタリー映画に出演して、死ぬ筋合いもねぇ。あんたの脚本どおりに演じて、死体になっちまったら、映画みてぇに『はい、撮影が終了しました』ってもう一回生き返れるわけねぇんだわ。映画じゃ何回でも生き返れるけどな、現実はそうはいかんわ。そやろ？」

シュンジも続く。

「だよなぁ。自分はカメラで、死んでいく俺らを撮影するって言ってるけど、最初から、一緒に死ぬつもりなんてねぇんじゃねぇの？」

やっとなにか言える雰囲気になり、毬藻も、続けとばかりにキツネ男を問いつめた。

「正義のために闘って死ぬって約束、どうなるんですか？」

キツネ男は、撮影を終えたら自分もちゃんと死ぬと強く約束した。信用できないならタイマーをかけて自動録画にしてもいい、とも言った。

毬藻はトイレに行きたくなり、場所を聞いて部屋を出た。途中、渡り廊下の正面に風呂場らしき部屋があったが、鍵がかかっていて扉を開けることはできなかった。風呂場は、もう長いこと使われた形跡はなく、前にある脱衣場と洗面台も埃《ほこり》をかぶっていた。なにかの腐乱臭と薬品の入り混じった複雑なにおいが鼻孔《びこう》に強く入り込んできた。

洗面台には、長い髪の毛がベッタリと張りついていた。血の跡のような赤い染《し》みもあり、うっすらと赤い棒状の筋となってこびりついていた。

「なにしてるんだよ」

押し殺したような低い男の声がして、毬藻は突然右肩をつかまれた。

「わっ」

驚いて振り返ると、キツネ男が立っていた。つり上がった目をさらにつりあげてキツネ男は毬藻を威嚇してきた。

「この場所は開かずの間なんだぜぇ。二度と近づくな！　今度、勝手に家の中をうろついたら殺すぞ」

すごみのきいた声でキツネ男は怒鳴りつけてきた。その凄まじい剣幕に、今度ここへ近づいたら間違いなく殺されるだろうと思った。キツネ男は毬藻をトイレの前まで連れていき、毬藻が用を足す間ずっと外で待っていた。以降、キツネ男は毬藻の行動を逐一監視するようになった。

しばらくして、キツネ男がいないわずかな隙を見て、毬藻はみんなに開かずの間の存在を教えた。

「うそ〜、開かずの間って、どこにあるの？　あたしも見たい」

ＡＹＵＫＯは興味津々だった。

「あの男、青髭男爵《あおひげだんしゃく》かもしれない。ホラ、あの、御伽噺《おとぎばなし》で登場してくるサディストだよ。きっとあの部屋で何人もの人が拷問されて殺されているんですよ。自分のホームページでも拷問マニアだって言ってたし」

毬藻がそう言いだすと、シュンジが声をひそめて言った。

「さっき隣の部屋覗いたら、女の子が住んでるっぽい部屋があったよ」

「マジで？　ちょっと、家中探検してみよっか。あいつ、買い物行ってくるって、さっき車で出かけたばっかかだし、ちょうどいいかも」

ＡＹＵＫＯが喜んで言うと、みんなで家の中をうろつくことに決まった。

「面白そうやな。わいもやるがな」

オヤッさんも楽しそうだった。

シュンジの話したとおり、きちんと整理整頓されてピンクのカーテンがかけられていた部屋があった。室内には可愛らしい人形やぬいぐるみが飾られていた。インテリアも、女性が好むような家具や小物でまとめられていた。

「誰か同居してるんじゃない？　妹かな？　まさか恋人？　ヤッダー、そんなわけないか？　あいつに恋人なんて、いるわきゃないか」

ＡＹＵＫＯが笑った。

「ねェ、コレすごくねぇ？　マジすっげぇ。超ビックリ、誰が描いたんだろう？」

シュンジが手に持った数枚のイラスト画は、毬藻が「メフィストフェレスの肖像」のホームページで見たものと同じだった。

「これ、キツネ男が描いたんですよ」

毬藻が言うと、みんな驚いた。

「うっそー、あいつ、こんな綺麗な絵が描けるんだ」

ＡＹＵＫＯは部屋中に飾られたイラスト画や水彩画に見惚れていた。天使や、美しい海や、風景が描かれたたくさんの絵があった。置きっぱなしのスケッチブックには、自作のポエムや小説がまとめ書きされていた。

「これってさあー、全部、キツネ男って感じしないじゃん。誰か別の人が描いたみたいだよね」

ＡＹＵＫＯが納得のいかない様子で、眉をしかめた。

「やっぱ、誰か別の人物がこの家におるんやわ。それも、女性なんや」

オヤッさんがクローゼットを開けると、ロリータ系のフリフリドレスや洋服がぎっしりとかけられていた。

二階の蛇部屋の隣の部屋の本棚には、自主制作したとおぼしき作品のＤＶＤとビデオテープが押し込められていた。他にＤＶＤデッキやパソコンが置かれていて、パソコンのモニター画面がついたままで、〝殺人トーナメント〟とタイトルのついた文字が目に飛び込んできた。パソコンの横の写真立てには一人の少女の写真があった。麻里花だった。デジタルカメラで粗《あら》い解像度でとったものらしく、わずかにギザギザのエッジが出ている。

台湾の華流スターが掲載されている雑誌も置いてあり、付箋《ふせん》で目印がつけられていた。毬藻が雑誌をめくってみると、メフィストが自分だと称してネットで公開していたあの超メガ級イケメンの正体は、台湾の映画俳優だった。

（でも、どうして麻里花が自分に、ＨＴＭＬメールで送ってくれた写真を、キツネ男が持っているんだろう）

考えれば考えるほどわからなかった。

そこへ、いつの間に帰ってきたのか、鬼のような形相をしたキツネ男が姿をあらわし、顔を真っ赤にして大声で叫んだ。

「今度、勝手にうろついたら殺すって、言っておいたはずだぞ」

「ちょっとお、そんな大声で怒んないでよ。見られちゃってマズイもんでも隠してあんの？」

ＡＹＵＫＯが言い返した。

「これ、麻里花さんの写真ですよね。なんで、あなたが持ってるんですか?」

毬藻が問うと、キツネ男は、

「彼女が勝手に、自分の写真だって俺に送りつけてきたんだよ」

と答えた。麻里花はブログの超メガ級イケメンに心を奪われていたのだから、写真を送るぐらいするかもしれない。まさかイケメンのあのメフィストフェレスの正体がこのキツネ男だなんて露ほども思わずに……。

「麻里花はどこにいるんですか? なにか知っていたら、教えてください」

「知らねぇよ。こっちだって連絡が取れなくなって、困ってんだぜぇ。どうせ、理由なんてねーんだよ。突然、嫌になっちまったんだろう」

キツネ男には、心配しているそぶりなどまるでなかった。そして、冷蔵庫から赤い液体の入ったペットボトルを取りだし、ゴクゴクと飲んだ。

「これは特別な液体で、すべての生命の源なんだ。俺が毎日手作りしてるんだぜぇ。葡萄《ぶどう》酒はキリストの血だって聖書にも書いてあったろ。真紅に燃え上がるルビーって宝石は、実は人間の血液から作られている。赤く光り輝く結晶は血の滴《しずく》が固まったたんだ。だからあんなに美しく見えるんだ。俺は、中世の錬金術師みたいに、あそこで人間の死体からルビーを作りだそうとしてるんだが、なかなかうまい具合にできねぇんだよ。イヒヒヒヒ」

そう言うとキツネ男はペットボトルを揺らし、赤い液体を毬藻に見せた。

「あそこって、開かずの間のことですか?」

「嘘だよ。冗談だよ。今飲んでるのも、ただの赤ワインだよ。あそこは風呂場だったが、物置小屋になっちまって、人が入れないようにしてあるだけだよ」

赤く染まった液体の中には、もしかしたら、人間の血液が入ってるのかもしれない。キツネ男ならやりかねないと毬藻は思った。

TVを見ながらみんなで夕食を食べていたとき、毬藻はニュースで驚愕の事実を知った。毬藻は、殺人未遂事件の重要参考人になっていたのである。

「昨夜、東京八王子市の四十五歳の会社員と、四十二歳の妻の二人が、夕食を食べた後になんらかの薬物中毒を起こして病院に搬送されました。現在も重体となっています。長男は幸い、具合が悪く料理を食べなかったため、無事でした。この家に住む二男の行方がわからなくなっており、警察では、なんらかの事情を知っているものと見て行方を追っています」

毬藻が未成年のため、はっきりとわからないようにしてはあったが、モザイクがかかった風景は明らかに毬藻の家を中心に近所を映したものだった。近所にこの家族構成の家はない。毬藻は、はっきりと「行方のわからなくなった二男」が自分であることを理解した。

男性キャスターが、「行方不明となっている二男の行方を追っています」と繰り返した。

「信じられない。あのクスリが、人を殺す毒薬だったなんて。ただの眠り薬じゃなかったんだ」

毬藻は体がブルブル震えて、自分でもなにがなんだかよくわからなくなった。知らなかったとはいえ、あともう少しで両親の命を奪い去ってしまうところだったのだ。

毬藻の様子を見て、キツネ男がからかうように、ニヤけた顔で得意気に話しはじめた。

「もしかして、テレビで今言ってる『二男』って、おまえのことかぁ？　俺もなぁ、おまえと同じ年のころ、近所のクソじじい、めったくそに叩きのめしてやったんだぜぇ。そいつが死んで、俺は少年院に入ったけど、けっこう居心地よかったなぁ。おまえも入るんか？」

自分の人生は終わった——。そう感じた。

以前、麻里花が自分のことを「メフィストフェレスかもしれない」と口にしていたが、本当にそうだった。ファウストはマルガレーテに「この瓶のクスリをたった三滴、飲み物の中へたらしておけば、お母さんはぐっすりと眠ってしまうだろう」と言って薬を手渡した。まるっきり同じだ。麻里花は悪魔以外の何者でもなかった。

だが、毬藻にはどうしてもわからなかった。

（僕を唆して人殺しをさせたところで、彼女にいったいどんな利益があるんだろう。最初から、両親を殺させる目的で薬を送ってきたのなら、どうしてそんな残酷なことを、彼女がしなければならないんだ。ただ単純に、僕を殺人者に仕立て上げて愉快に思っているだけなのか……）

麻里花に会って真相を聞き出すために、どうしても彼女を探し出さなければならない。

「僕、帰ります。麻里花を探して、彼女から本当のことを聞きたいから。真実をつきとめます」

「麻里花は死んだぜぇ。俺が殺した。数日前、あの女は集団自殺の企画を相談したいって、俺を訪ねてきたんだ。そのとき、俺の顔を見て、ブログの写真のイケメン顔じゃないって騒ぎだしたんだよ。だから、殺してやった。死体は、風呂場に置いてあるぜぇ」

「じゃあ、僕が麻里花さんとしばらくメールでやり取りしてたのは……」

キツネ男は、ピンク色の可愛らしい携帯電話をポケットから取り出して、毬藻に向かって放り投げた。毬藻は慌てて携帯を操作して、メールの受信歴を見た。彼女宛に送ったメールが残っていた。

「彼女が死んだ後、俺が彼女になりすまして、携帯を使ってメールを送ってたんだよ」

キツネ男の言葉に、毬藻は一瞬、目の前が真っ暗になった。毬藻が自分で両親を殺そうとしたわけではないことを知っている大切な証人——麻里花はもうこの世に存在していない。真実は、闇に葬り去られてしまった。自分は殺人未遂事件の重要参考人として、全国に指名手配されている。ここから逃げだしたところで、逃げきれるわけがない。

キツネ男は毬藻の置かれた状況をすぐに理解したようだった。

「こうなったら、素直に自分の命で罪を償《つぐな》えよ。じゃなきゃ犯罪者扱いされて、一生棒にふって隠れて逃げ回って生き続けるんだぜぇ」

「わかりました。計画どおり死にます。でも、ここにいる全員、あなたが望んでいるような、残虐な死に方は絶対にできません」

「ああ……いいぜぇ。大きな声じゃ言えないが、俺は世界中の危ない組織とつながってるんだ。アメリカじゃ、州によっては、安楽死が法的に認められてるんだ」

キツネ男はしばらくどこかへ姿を消すと、毒々しいカラフルな錠剤が詰まったクスリ瓶を持って戻ってきた。

「最後は、森の中みたいに、木や自然の緑がたくさんある綺麗な場所で死にたい。小鳥の囀《さえず》りや小川のせせらぎを聞きながら」

ＡＹＵＫＯが願った。オヤッさんも同意した。

「そらええがな。故郷に似た景色に抱かれて死にたいわ」

シュンジもうなずいた。

「今までずっと、しょぼくれたパッとしない人生ばっかだったけど、最後くらい綺麗な死に花、咲かせてぇよ。世治死隊《おれたち》のメッセージを、どれだけの社会の人たちが、受け止めてくれるのか、楽しみだよな」

優一は小さな声でつぶやいた。

「次に生まれてくるときは、金持ちじゃなくてもいいから、スポットライトを浴びて、自分が生きたい人生を、自由に過ごしたい。一人でもいいから、自分が夢に向かって一生懸命生きてきたっていう軌跡を認めてくれる人がほしかった。運命の操り人形でいるのはもうゴメンだ」


深夜、毬藻が目を覚ますと、部屋の外からヒソヒソと内緒話をする声が聞こえてきた。キツネ男が誰かと会話をしているようだった。毬藻は起き上がり、声がする方向を探ってみた。すると、明かりの灯った開かずの間から声が漏れて聞こえていた。近づいて、耳を澄ましてよく聞いてみると、麻里花の声にとてもよく似ていた。小声で、激しく言い争っているようだ。

「もう嫌！　絶対、あんたの言うとおりになんて、してあげないモン」

「もうちょっとの辛抱だ。なあ、頼むよ。計画が成功すれば、まとまったでっかい金が、もらえるんだぜぇ！　我慢してくれよ」

キツネ男が必死に謝っている声がする。毬藻はじっと息を潜めていたが、キツネ男は気配に気づいたのか、話の途中でガラッと扉を開けた。毬藻は驚いたが、逃げ出している時間はなく、正面から見つかってしまった。

毬藻の目には風呂場の中の様子が見えたが、キツネ男以外に人影はなかった。撮影機材やカメラが設置され、洗面器には、まだ取り出されたばかりと思しき、赤い石榴《ざくろ》のような臓器が入っているのが見えた。しかし、人間のものなのか動物のものなのかはわからなかった。薬品臭が漂い、浴槽の中になにか白っぽい物が見えた。毬藻は、においはホルマリンだろうと思った。だが、すぐにキツネ男が扉を閉めてしまい、見たのがほんの一瞬だったので浴槽の中身はよくわからなかった。

「今、麻里花さんの声がした」

毬藻はそう告げるのがやっとだった。

「だから、麻里花は死んだんだ。ここでだ。明日は本当に、自殺を決行しなきゃならないんだぜぇ。早く寝ろ」

キツネ男は、毬藻の腕をつかむと、みんなの寝ている部屋に連れ戻した。

（キツネ男は、誰としゃべっていたんだろう。あの声は正真正銘、麻里花さんにそっくりだった）


翌朝、目隠しをされてワゴン車に乗せられ、どこか遠い場所へ連れていかれた。キツネ男は、みんなの要望どおりに、終焉《しゅうえん》の地を山奥にある静かな場所にすると決めた。目隠しをされている毬藻に、街の喧騒《けんそう》が聞こえてきた。かと思うと、静かになった。高速道路を走っているようだ。

数時間後、目隠しをはずされて車から降りた。もう夕方だった。キツネ男の案内で、山の中にある洞窟《どうくつ》へ行くことになった。大自然が広がる風景の中をみんなで歩いた。まるでハイキングのようで楽しかった。これから死んでいくことなんて考えたくなかった。

毬藻は最後に、鈴香先生に挨拶のメールを送った。

僕は、これから死んでいきます。

さようなら　　　　メダカ

雄大な山麓の風景を携帯電話のカメラで写して先生へ送った。毬藻は、その風景にどこか見覚えがあることに気づいた。遠くの山の中に、マッチ箱のような白い建造物が見えている。以前からよく見ていた記憶があったのだが、それがどこなのかは、どうしてもはっきりと思い出せなかった。

一分後、先生から返事が来た。

今、どこにいるの？　メダカ君。先生、本当に君のこと心配してるのよ。世の中にはね、心の底から君のこと、心配してくれている人たちがたくさんいるのよ。先生もその一人よ。大切な人を助けてあげたいって感じることはとても自然なことな

のよ。TVのニュース見たわ。きっと、メダカ君のことだから、なにか事情があって、事件にまきこまれたんでしょ？　とにかく、先生が助けてあげるから場所を教えて。絶対に死んだりなんて、しちゃだめよ。約束してね。　鈴香

鈴香先生が本心から自分を心配してくれていることを、毬藻は感じ取った。「世の中の誰にだって、その人を心配してくれる人が必ずいる」という先生の言葉が心に響いた。先生が自分のことを本気で心配してくれているように、AYUKOやオヤッさん、シュンジ、優一にだって、そういう人物が必ずいるに違いなかった。

(だから、みんなを死なせるわけにはいかない……。病気で長く生きられない人もいるのに、自分で命を絶つなんて、正義でもなんでもない。卑怯《ひきょう》なだけなんじゃないか)

そんな思いがこみあげてきた。自分たちが考えていた「正義」や「理想」は、間違っていると思った。

洞窟が見えてきた。洞窟の入口は、鬱蒼《うっそう》とした山林の中にあった。さっきまで晴れ渡っていた空がどんよりと曇りはじめ、真っ黒な雨雲が遠くからだんだん近づいてきた。毬藻は、キツネ男に聞こえないように、隣を歩いていたAYUKOに話しかけた。

「僕らが死んだら、悲しむ人たちがいるってわかったんです。僕らが考えてる以上に、心配してくれてる人たちがたくさんいるってことも。だから、あいつに薬を渡されても、絶対に飲まないようにしましょう」

「どうしたの？　いきなり。昨日まで、みんなで死のうって言ってたじゃない。……そっか。わかった。あいつに見つかんないように、シュンジとオヤッさん、優一君にも、絶対薬飲んじゃダメって話しとくね。薬飲んだふりしてさぁ、タイミング見計らって逃げよう。毬藻君、確かポケットライト持ってたよね。それ使って逃げよう。あたしもこんな汚い場所で死ぬのゴメンよ」

洞窟の中に入ると、キツネ男はカラフルな錠剤をみんなに手渡し、飲むように指示した。

〈第五章〉

——夜になった。霧のような小雨が降っていた。洞窟の入口には、白糸のようないくつもの雨垂れが落ちていた。息が苦しい。目を開けると、周囲は真っ黒でなにも見えなかった。思わず手を伸ばし、辺りを探った。噎《む》せ返るような蒸し暑さの中で、ドクッドクッと心臓が激しく鼓動して、息苦しさに一瞬気を失いそうになった。

（よかった。自分はまだ、ちゃんと生きていた）

様子を窺い、うっすらと開いた両目の前には、漆黒の闇が深く広がっているだけだった。辺りは静まりかえっている。

やがて、暗闇に眼が慣れてきた。息を殺して顔を横に向けると、目の前に優一らしき人物の横顔が見えた。毬藻は囁くような小さな声で優一の名を呼んだ。

「優一さん、優一さん」

返事は全く返ってこなかった。仰向けに寝ている優一のジーパンの裾《すそ》を引っ張ってみた。反応はない。指に触れた優一の体はやけに冷たく感じられた。毬藻はがばっと起き上がり、優一を抱き起こした。

「優一さん。起きてください。まさか本当に、クスリ全部飲んじゃったんですか？」

激しく優一の体を揺さぶったが、優一の体は氷のように冷たく、ピクリとも動かなかった。むくりとＡＹＵＫＯが起き上がって、隣で寝ているオヤッさんの頭を何度か叩いた。

「ちょっと、オヤッさん。クスリ飲んだふりはもういいの。早く起きて」

オヤッさんはぱっちりと目を開いた。シュンジも、ＡＹＵＫＯの声を合図に起き上がった。みんなは、洞窟で、クスリを飲んだふりをして横になっているうちに、疲労感からしばらくの間寝入ってしまったらしい。洞窟の天井から時折地下水が滴り落ちてきた。ジメジメした土の上には、ダンゴ虫や得体の知れない奇妙な昆虫が這《は》いずり回っていた。キツネ男の姿はなかった。毬藻たちが死んだと思い込んで、安心してどこかへ行ったようだった。

だが、優一だけは安らかな微笑みを残したまま、息を引き取っていた。ＡＹＵＫＯたちが起き上がるのを見て安心した毬藻は、優一だけが決して起きてこないのを認めたくなかった。

「なにしてるのよ！　早く逃げなきゃ」

ＡＹＵＫＯが駆け寄ってきて、泣きべそをかいて優一にしがみついている毬藻の体を引き離そうとした。

「お願いだから、早く！　あいつが戻ってくる前に逃げるのよ！　うちらが生きてることがわかったら、今度こそ本当に殺される！　捕まる前に逃げようよ！」

ＡＹＵＫＯはものすごい力で毬藻の体を引っ張った。

「優一君は死んだのよ。そこにあるのは、ただの抜け殻！　優一君はもういないの。ただの屍骸《しがい》になっちゃったのよ」

そう叫ぶと、ＡＹＵＫＯは毬藻の頬を力いっぱいひっぱたいた。

洞窟の入口から、

「ちきしょう、生きてやがったぜぇ」

と絶叫するキツネ男の声が聞こえてきた。ガタガタとなにかを引きずって動かす物音がしている。カメラや照明機材などを運び込んでいる様子が伝わってきた。AYUKOが、

「残念だったわね。うちらの解体ショーでも、撮影するつもりだったのかしらね！変態さん」

と捨て台詞《ぜりふ》を投げかけて、四人は洞窟の奥へと走りだした。洞窟は巨大な地下迷路になっていた。みんなで手をつなぎ合い、AYUKOがポケットライトの明かりで足元を照らして先頭を走った。

途中、オヤッさんが石につまずき、足をくじいた。毬藻も突き出した岩の先に体ごとぶつかって右手を切ってしまった。複雑に入りくんだ地下迷宮がどこまでも広がり、四人はどこまでも走り続けた。

やがて、岩かげの隙間から差し込む太陽の光が見えた。わずかに開いた岩と岩の隙間に体をくぐらせ、四人は外へ逃げ出した。東の空に朝日が昇って、空は白々と夜明

けを迎えていた。

毬藻がふと気づくと、ケガをした右手から赤い血痕が点々と背後に落ちていた。AYUKOがそれを見つけ、

「大変、血の跡を残してたらマズイわ。あいつに居場所をつきとめられちゃう」

と言って、ハンカチを取り出して毬藻の腕に巻いてくれた。傷口はかなり深く、かなりの痛みがあった。

バサバサと野鳥の飛び立つ羽音がした。

音のしたほうを振り返ると、ダガーナイフを握りしめたキツネ男が後を追ってきているのが遠くに見えた。四人は必死で崖《がけ》の下へ滑り下りていった。

切り立った斜面を下りきると、県道の脇道に出た。幸運にも、乗用車が一台、反対側から走ってきた。毬藻は道路に飛び出して、両手を思いっきり振り上げると、止まってくれるように大声で叫んだ。

車が止まり、ドライバーが出てきて親切にドアを開けてくれた。四人は急いで車内に飛び込んだ。

車が走りだした。キツネ男は、もう追ってはこなかった。

四人は病院に行き、キズの手当てを受けた後、警察に保護された。四人は刑事たちに事情を話した。

四人が車の中で自分たちの体験した恐怖の三日間を説明したところ、ドライバーが一一〇番に電話をかけ、保護した状況を警察に話してくれたのである。そのため、警察は不審がることなく四人の話を聞いてくれた。ネットで知り合った少女から集団自殺を持ちかけられ、自殺場所へ向かったこと。目隠しをされて車に乗せられて、山奥へ連れていかれたこと。洞窟の中で、飲めといって薬を手渡されたこと。四人はそれぞれ、自分たちが覚えていることを、できる限り警察に話した。刑事たちは慌てた様子で、どこかへ連絡をしていた。その様子は明らかに、キツネ男の正体を知っているようだった。

一人の刑事が、事情聴取を書き留める手を止めて、

「君たちのように、何人もの若者があの男の誘惑を受けて、男の家に連れ込まれて殺害されているんだ」

と教えてくれた。

「林《リン》・忠《チユン》に間違いないな。ヤッコさん、獲物に逃げられちまって、さぞかし悔しい思いをしてるんだろうな」

「リン・チュン？　はやしまことじゃなくて？」

聞き慣れない名前に、四人は戸惑った。

「中国人なんですか？　ホームページでは、はやしまことって名乗ってましたけど」

毬藻はおずおずと、遠慮がちに刑事に聞いた。

「あいつの母親は中国人でね。日本へ金を稼ぎに来て、行きずりの男との間に子供をつくった。それが、チュンだ。チュンは、十四歳のとき、母親と内縁関係になっていた近所のゴロツキの男を金属バットで殴りつけて殺害した。少年院を出所した後、名

前の読みを日本名へ変えて、映画製作会社で下働きをはじめた。しばらくは母親と暮らしていたんだが、十年前に、その母親も殺しちまった。〝人が死んでいく瞬間を、もう一度見たかった〟——たったそれだけの動機でだ。残念ながら逃亡してしまい、ずっと消息を絶っていたんだが、麻薬の密売なんかでちらほら『林じゃないか』という奴の姿が見え隠れするようになってな。最近では、メフィストフェレスの肖像なんて、危ねェホームページで自殺志願者を集めては、おもちゃみてぇに嬲《なぶ》り殺しにしてるようだった。ネットだから正体はわからないが、断片的な情報から、どうもあいつらしいということがハッキリしてきたところだったんだ。

あいつにとって、人間の体や生命は、おもちゃと同じなんだよ。楽しみながら切り刻んで撮影した死体のビデオやスナッフ映画（殺人フィルム）を海外に売り飛ばしてやがる。てめぇのことを、サイコ・ディレクターなんて気取ってやがって。生きた人間を誘拐して、人身売買や臓器売買までしてやがるんだ。あいつのバックには、巨大な犯罪組織がついていて、中国マフィアとのかかわりも深い。人間の死をビジネスに、ブラックマネーが世界中で蠢《うごめ》いてやがるんだ」

「それが、キツネ男の正体なんですか？」

単なるネット上の変質者どころではない、キツネ男の凄まじい遍歴に全員が絶句してしまった。

毬藻たちが保護された警察署に、警視庁から担当の警部がやってきた。

「目高毬藻君だね。君は今、自分が殺人未遂事件の重要参考人になっているのは知っているね？」

「はい。ニュースで見ました」

「君が家を出る前に、料理に薬品を混入しているのを目撃したと、お兄さんが話をしているんだよ。あの薬品が、シアン化合物――わからないかな、とにかく毒物だって知っていたのかね？」

「あれは眠り薬だといって、麻里花という女の子からもらったんです」

「麻里花？」

「はい。携帯のコミュニティサイトで知り合った女の子です。事件の前日に突然宅配便で送られてきて、宅配便の箱や手紙は、彼女の指示どおりに庭で燃やして埋めました。使いきれなかった残りの薬は、包みに入れたまま、庭に埋めました。僕は本当に、眠り薬だと思ってたんです。まさか、こんなことになるなんて……」

「宅配便は、どこの会社だったか覚えてるかい？」

「ワールド・サービスです。差し出し人は、ドクターキングとだけ、書いてありました。宛名のところには、僕の住所や電話番号がきちんと書いてありましたけど、依頼主のところは名前だけでした。他は空欄で、なにも書いてありませんでした」

「麻里花って子の、住所か連絡先はわかる？」

「それが……キツネ男は、麻里花を殺したって話をしていました。麻里花の住所は知りません。いつも、携帯とパソコンだけのやり取りだったから」

「――おい」

警部は部下の刑事たちに目くばせで合図した。刑事たちは、いっせいに部屋を出て行った。

「宅配便会社の集荷状況を調べれば、麻里花という少女のことが、少しわかるかもしれん」

警部は、毬藻に向かってそう言うと、大丈夫だよという感じでうなずいた。

「お父さんたちの具合は、どうなんですか？」

自分の言ったことが信じてもらえて、よかったと安心した毬藻は、警部に質問した。

「幸い、毒物の量が少なかったおかげで、命はとりとめたよ。もうしばらくは安心できない状態だが、心配しなくても、きっと元気になるさ。君も大変だったね」

そう微笑みかけてくれた言葉に、毬藻はとても勇気づけられた。

「今、県警から連絡があって、ヤツの自宅――君たちが連れていかれた家の中から、これまでに殺害された被害者たちの毛髪や体組織の一部が押収されたよ。風呂場からは、浴槽にホルマリン漬けにされた死体もみつかった。中国当局とも連携して捜査を進めていくことになるが、必ず逮捕するから安心しなさい」

警部は毬藻に約束してくれた。毬藻は、洞窟に置き去りにされている優一の死体を一刻も早く探し出してくれるように頼んだ。

毬藻たちは家に帰れることになった。刑事たちが何人か張りついて護衛してくれるという。キツネ男が接触してくるだろうという説明だったが、毬藻は、自分がなおも両親殺害の重要参考人だからだろうと思った。

毬藻は、警察署を出るとき、そこが八王子警察であることに気がついた。病院から車で送り届けられてきたときには気づかなかった。てっきり長野の山の中にいるつもりでいたので驚いた。警察の車に分乗して、毬藻たちは帰っていった。

毬藻たちが帰った後、捜査員の一人が、

「例の毒物混入事件、あの少年が絶対にシロだって、言いきれますか？」

と警部に質問した。警部はうーんとうなり、答えた。

「まだわからんが……、現場の状況から言って、あの毬藻という少年でなく、兄のほうって可能性もないわけではない。麻里花という少女が実在するかどうか、そして林となにかでつながっているかどうか、いろいろ調べることはある。今のところは、すべてを疑ってみるしかないだろう。実際に彼らの供述どおりに林の隠れ家が見つかったんだ。あの少年たちを泳がせて、ヤツを誘いだすんだよ」

「なるほど」

数日後、毬藻は偶然、新宿の雑踏の中に、麻里花にそっくりな少女を見かけた。

「あ。麻里花さん！」

人込みの中に、間違いなく写真と同じ、ロングヘアーの美少女がいた。毬藻が呼び止めると、少女はひどく驚いていた。

「麻里花さん、よかった、生きてたんですね。どうしてずっと、連絡くれなかったんですか？　僕、本当に心配だったんです」

毬藻は息を切らしながら、泣きだしそうな顔で少女を見つめた。

「あんた、誰？」

怒っているのと気味悪がっているのが半々の顔で、少女は答えた。

「僕です。メダカです。いつも、メールのやり取りしてた……」

「はぁ～？　あんた、バッカじゃない。あたし、あんたなんて知らないよ」

毬藻は思いがけない言葉に愕然とした。だが、他人の空似にしては、あまりにもそっくりだった。髪型もそうだし、学校の制服までそっくりだ。毬藻の狼狽《ろうばい》を見て多少は事情があると思ったのか、少女はもうひと言返してきた。

「あたし、麻里花なんて名前じゃないよ。あんたに会うのだって、初めてなんだケド」

毬藻は事情が呑み込めないまま、必死になって、とにかくこれまでのことを説明した。

「以前、ＨＴＭＬメールで写真送ってくれたじゃないですか。携帯のコミュニティサイトで知り合って、メル友になった日高毬藻です」

少女はなにか思い至ったように目を見開いた。

「ああっ、わかった。写真送ったの、あたしじゃないよ。あたしはただ、ネットで知り合ったおやじから頼まれて、写真撮らせてやっただけだよ」

「ネットで知り合ったおやじ？」

「そっ、三万円くれるから、制服着てるとこ写真撮らせてくれって、超しつこいおっさんでさー」

「その人、どんな人でした？　名前とか、住所とか聞いてます？」

「名前とか知るわけないじゃん。たまたま見たサイトで、初めて知り合ったおやじだしさぁ。どんな人っていうのは、うーん、キツネっていうか……死神みたいな、ドクロみたいなヤツ。超キモイヤツで、女みたいな声でぼそぼそって話すから、余計にキモイんだよ」

「死神？　キツネ顔？」

「ネットでホームページつくってて、自作の詩《ポエム》とかイラスト発表してるとか、聞いてもいないのに一人でペラペラしゃべりまくってんの。もう、超迷惑！　拷問とか殺人とか猟奇系のアングラサイトで、本物の人間の死体載せてるって自慢してたけど。しかも、あいつ玉なしでビックリしちゃった。おっぱいもちゃんとあったし、変態だった。玉取ったから、女みたいな声でもしゃべれるんだって喜んでたよ。っていうか、ときどき別人になって、女の人になってた」

少女は大きな瞳をキョロキョロ動かしながら一気にしゃべった。毬藻は、少女の語る内容から、彼女が援助交際《エンコー》サイトでその男と知り合ったのだなと察してしまったが、ただ黙って聞いていた。

少女の話し声は、麻里花のクセのある話し方とは別人だった。声も全く違っていた。男が話していたというホームページは、メフィストフェレスの肖像に間違いない。キツネ男が、麻里花という架空の少女を作り上げて、最初から自分を騙すつもりでネカマ（ネットで異性のふりをする行為）としてブログにアクセスしてきたんだろうと思った。

だが、少女はさらに奇妙なことを話しだした。

「あいつ、二重人格なんだって、自分の体の中に二つの人格が棲んでるとか、妙なことばっか言ってた。野蛮な殺人鬼と、もう一人は絵とか詩書くのが大好きな、純真な乙女だってさ。超笑える」

毬藻は、祖父の、双頭のコブラの剥製を思い出した。一つの体に二つの頭——生物学上、そういうことはあり得るんだろうか？

世の中には、科学や理論では解明できない不思議なことが満ちあふれている。多重人格者は世界中にたくさん存在しているのだから、キツネ男と麻里花が同じ体を共有しているということも、あり得るのかもしれない。

まずいことをしゃべってしまったと思ったのか、少女は渋い顔をして沈黙していた。

毬藻は、話してくれたお礼を言ってその場を後にした。

家へ帰ると、小さな女の子が玄関の前で紙袋を持って困った顔をしていた。毬藻が

「なにか用？」と声をかけると、女の子は、

「これ、さっき、道で遊んでたら、なんか骸骨そっくりなおばちゃんに、あそこの家に届けてちょうだいって、渡された」

と言って小さな紙袋を手渡し、帰っていった。

骸骨そっくりという言葉で、毬藻は、もしかしたらその女性はキツネ男かもしれないと思った。きっと、女装したキツネ男だろうと思った。

袋の中には毬藻の学生証と携帯電話があり、人の指のようなものが一本入っていた。指のようなものには、鈴香先生が普段着けていた指輪がはめられていた。毬藻が携帯電話を取り出してみると、鈴香先生が持っていたものによく似ていた。まさかと思い、指のようなものに目を走らせた瞬間、手にしている携帯電話からメールの着信音が鳴った。

毬藻が携帯電話を開いてみると、届いたのは空《から》メールだった。ハッとして、メールの履歴を確認してみると、やり取りされたメールがそのまま残っていた。

僕は今、影山たちが消えたあの洋館で自殺するつもりです。誰にも内緒で、ここ

まで来てください。最後に先生に逢いたいから。

僕を助けて！　先生！　絶対に他の人には　秘密にしてください　メダカ

毬藻はぎょっとした。「メダカ」と書かれているが、自分は出した覚えがない。先生が返したメールもあった。

待っていてねメダカ君。今すぐ行くから。　鈴香

誰かが自分のふりをして先生を呼び出したんだと直感した。自分が最後に送った、山麓《さんろく》の風景を撮った携帯電話の写真も残されていた。マッチ箱のような白い建造物——ハッとした。それが、影山兄弟の消えた洋館の前にある軍事施設だったことを思い出した。

（これは挑戦状だ！　鈴香先生をあの洋館に呼び出したことを僕に知らせて、僕を洋館に誘い出すつもりだ！　こんなことをするのは——）

「キツネ男だ！　先生が危ない！」

毬藻がそう叫んだ瞬間、捜査員の荒々しい声が聞こえた。

「家の裏手の窓ガラスが割られている、おかしいぞ！」

どこに隠れていたのか、二、三人の捜査員たちが毬藻の家の前に駆けつけてきた。毬藻が慌てて鍵を開けて捜査員を中に入れると、毬藻の部屋の窓ガラスが割られて、双頭のコブラの剥製がガラスケースごと盗まれていた。

捜査員たちはしばらく指紋をとるなど綿密に捜査をして、部屋から引きあげた。毬藻は久しぶりに金庫を開けて、祖父の残した注射器がしまってあるコンパクトケースと薄緑色の小瓶をひっぱり出し、注射器に液体を流し込んだ。注射器の針には小さなストッパーがついていた。このストッパーを外して注射をすれば、猛毒のコブラ毒によって死ぬことは間違いない。

毬藻は、一人で片をつけるつもりで、ＡＹＵＫＯに連絡した。いろいろと不自然な言い訳をした後で、

「もし、僕になにかあったら……」

と言った途端、

「あいつをやるつもりなんだろ？」

とシュンジの声が割り込んできた。ＡＹＵＫＯも、

「うちらも一緒に手伝う。優一君の敵討《かたき》ちたいし」

と言った。オヤッさんも、ＡＹＵＫＯの携帯電話越しに、

「まだ、あいつから渡されたダイナマイトがあるんや！　これであの変態野郎、ぶっ殺してやろうやないか」

と叫んだ。

（誰にだって助けてあげたい人がいるって、先生は教えてくれたけど、僕にとってそれは先生だ）

四人はすぐに合流した。祈るような気持ちで、毬藻は仲間たちと洋館へと向かった。

〈第七章〉

誰もいるはずのない洋館に、明かりがついていた。

「よく来たな。待っていたぜぇ」

キツネ男は、狂喜に爛々と目を輝かせて四人を待っていた。鈴香先生の姿はなかった。

「先生を返せ！　先生はどこにいる！」

毬藻は勇敢に立ちはだかった。

「ここにはいねぇよ。こっちだぜぇ」

キツネ男は、ついてこいといった身振りをして、洋館の地下に通じる階段を下りていった。みんなは後についていった。

「麻里花は、あなただったんですね」

薄暗い地下までの階段を降りながら、毬藻が尋ねた。

「ああ、そうとも言えるか。頼まれたんだよ。携帯サイトで、半年前に知り合った男にな」

「……？　頼まれた？　どうして？」

「知らねーよ。どこの誰かも本当に知らねぇんだよ。ただ、百万円やるから、自分の言うとおりにしてくれって……俺が闇社会とつながりがあって、拷問好きなネクロフェリア（死体愛好家）だってことも知ってた。集団自殺をエサに自殺志願者を集めて皆殺しにしてることも全部知ってて、おまえを仲間に引き込んで殺してくれって頼まれてたんだよ。おまえをいじめてた影山三兄弟を外国へ売り飛ばしたのも俺だよ。その男に頼まれたんだ」

毬藻にはわけがわからなかった。

「すべてのシナリオをつくっていたのは、おまえを殺してくれって頼んでいた男だ。つまり今回のことは、全部別に考案者がいて、俺は謝礼金をもらってそれを実行してただけなんだよ」

「眠り薬だって嘘をついて、両親を殺させようとしたのも？」

「ああ……それは違う、俺じゃねぇ。宅配便を送ったのは、俺じゃねェ。俺は本当に、その宅配の荷物のことはなにも知らねぇ。おまえが落とした学生証を拾うまで、俺はおまえの住所を知らなかったんだから、おまえが自殺しに来る前に家に宅配便なんて送れねェよ。ニュースを見たとき、おまえがクスリを混ぜて両親を殺すつもりだったのかと思って、なかなかやるじゃねぇかってちょっと見直してたくらいだ」

「近所で遊んでいた女の子に声をかけて、先生の指を僕に届けさせたのもあなただったんですね」

「そうだよ。麻里花と協力してな。家の周囲には刑事がゴロゴロいて邪魔だから、ここへおまえを誘《おび》き出した。とにかく、おまえを殺さないと残りの六十万円がもらえねぇんだよ。だから、おまえがいつも会話の中で話していた偽善者の先生《センコー》を、利用させてもらったんだよ。俺が『メダカ』って書いてメールを送ったら、すぐに飛んできたぜぇ。あげ句の果てに、自分はどうなってもいいから、毬藻君を助けてあげてなんて言ってやがった。ペッ、反吐《へど》がでるぜぇ」

それまで冷静だった毬藻は、先生のことを聞くなり、後ろからキツネ男に飛びかかった。

「いてて、なにするんだよ。痛ぇだろ。おとなしくついてこい。先公に会わせてやるからよ」

毬藻は、「会わせてやる」と言われて手を放した。

「光を愛さぬ者ってハンドルネームも、あなただったんですか?」

「あー? 知らねぇよ、俺じゃねぇぜ。なんだよ、それ?」

とぼけているのかと思ったが、様子を見る限り、どうもキツネ男は本当に知らないようだった。

「着いたぞ。先生《センコー》は、その部屋の中にいるぜぇ」

防空壕の跡らしき場所に敷板が立てかけられて、出入口付近が石のブロックで補強された、部屋らしき横穴があった。毬藻は先頭に立って穴の前に立った。すぐ後ろからAYUKOものぞきこんだ。

そこには、ガロットに座らされて変わり果てた鈴香先生の姿があった。

「きゃあ！」

あまりの凄惨さに、ＡＹＵＫＯが顔を覆って叫び声をあげた。毬藻は自分の目を疑った。鈴香先生は首を絞め上げられ、息絶えていた。まだ死後長くは経っていないようだったが、真夏のせいかすでに腐乱がはじまり、両目は眼球がすべり落ちて穴だけになっていた。目玉の抜け落ちた穴には蛆《うじ》がたかり、鼻の穴にも蛆が湧いて、肉バエが何十匹と死体に群がっていた。目にしたものがあまりにひどくて気づかなかったが、周囲には想像を絶する臭気が放たれていた。

キツネ男は、得意気に語った。

「肉バエってのはなあ、何メートルも離れた場所からでも、腐った血や肉のにおいを嗅ぎとって飛んでくるんだぜぇ。頭いいだろ。おまけに、じめじめした湿った暗いところに卵を産みつける習性があるんだってな。だからまず、死体になると、目や鼻の穴が狙われるんだ。発見された死体の首から上がなくなってることが多いのは、そのせいなんだぜぇ」

「鈴香先生を返せ！　この悪魔！」

怒りにまかせ、毬藻はキツネ男に体当たりした。心の中は憎しみでいっぱいだった。普段、臆病者だった自分のどこに、こんな勇気があったのかわからないくらいの激しい感情だった。優しかった鈴香先生を、こんな姿にしてしまったキツネ男を絶対に許せなかった。

気づくと、薄暗い地下室の床には、引きちぎられた毛髪、抜き取られた歯、腐り落ちた肉塊、バラバラに砕けた白骨があった。死体も転がっていた。特に女性の死体が多かった。コレクションとして、観賞用に一ヶ所に集められていたようだ。その中に、顔の皮膚が削《そ》げ落ちて、一部が白骨化している優一らしき人物の姿もあった。この世の地獄が展開されていた。

「よくも優一さんを、こんな姿にしたな！　優一さんを返せ！」

毬藻がそう叫んで、優一の死体に駆け寄った。

「ここにある死体は、全部あんたがやったの？　この悪魔！」

AYUKOが憎悪をこめた表情で睨《にら》みつけた。

「違うよ。俺じゃねぇよ。俺はただ命令されて、ここへおまえたちを連れてくるように頼まれただけだよ。先生《センコー》を殺《や》ったのも、俺じゃねェ。ここにある死体を殺ったのも、全部俺じゃねぇぜ。あいつだよ」

「嘘つけ！」

毬藻はもう一度、力いっぱいキツネ男めがけて体当たりした。キツネ男は衝撃で後ろに倒れ込んだ。突き出た岩が背中を直撃して、黒っぽい死神のようなシャツの背中に血がにじんだ。

「てめぇー、なにしやがる！　ぶっ殺してやる」

逆上したキツネ男は、まっ赤に充血した目を見開いて、歯を剥き出しにして襲いかかってきた。まるで血に飢えた獣のようだった。毬藻は襲いかかってくるその顔を見て、思わず「メフィストフェレス」とつぶやいていた。メフィストフェレスの肖像、ファウストの挿し絵に描かれていた、悪魔の姿にそっくりだった。

キツネ男は目をつり上げて、

「前にも言ったろ！　おまえのメフィストフェレスは、俺じゃねぇ。おめえのメフィストフェレスは、もっと近くにいて、おまえを地獄にひきずり込んでやろうって手ぐすねをひいて待ってるんだよ。おまえを俺に殺させようとしている男こそ、本当のメフィストフェレスだぜぇ」

と叫んでダガーナイフを振り回した。毬藻は必死にキツネ男の手をつかみナイフを止めた。ナイフが毬藻の頬をかすめた。ＡＹＵＫＯが、

「危ない。毬藻君」

と叫び、近くに落ちていた鉄棒を拾い上げるとキツネ男の頭に振り下ろした。ゴツンと鈍い音がして、キツネ男は呻き声をあげてうずくまった。毬藻は用意してきた注射器をポケットから取り出し、男の首筋めがけて注射針を刺した。

なんともいえない、不快な感触を指先に感じた。

「ぎゃあ～」

狂ったように頭を振りながら、キツネ男はけたたましい叫び声をあげた。夜宴《サバト》で踊り狂う悪魔のように暴れ回ると、獣が吠えるような遠吠えをあげ、やがてばったりと倒れ込んだ。キツネ男は白目をむいて痙攣《けいれん》しはじめた。

（人間が死んでいく瞬間とは、こういうものなんだ）

毬藻は恐ろしさに気を失いそうになった。しかし、キツネ男は絶命しなかった。息を吹き返すとヨロヨロと立ち上がり、口から泡を吐き、涎《よだれ》を垂らしながら毬藻たちのほうへ近づいてきた。死んだと思っていた四人は思わずひるんでしまった。キツネ男は、一番近くにいたＡＹＵＫＯに手を伸ばし、抱きかかえると、ダガーナイフで背中を刺した。彼女はその場に崩れ落ちた。

「うわぁ～」

シュンジがキツネ男の顔面を殴り飛ばした。毬藻も渾身《こんしん》の力をこめて、背後からキツネ男を押さえつけた。だが、怪我をしていた右手をナイフで切りつけられ、とっさに手を放してしまった。毬藻の手から真っ赤な鮮血が流れだした。

キツネ男はシュンジの胸ぐらをつかみ、左胸にナイフを突き立てた。シュンジの命は一瞬にして奪われた。硬直して座り込んでいたオヤッさんが、左手にダイナマイトを握りしめ、右手にライターを持ってキツネ男に呼びかけた。

「この変態野郎！　大切な仲間をこんなめにあわせやがって、ダイナマイトでふっ飛

ばしてやる！」

恐怖と悲しみで引きつってぐちゃぐちゃになった顔をして、オヤッさんは大声で叫んだ。オヤッさんはライターの着火ボタンを押した。だが、むせかえるような湿気のためか、思うように火がつかなかった。キツネ男はオヤッさんに飛びかかり、首に一気に切りつけた。血飛沫が飛び散って、キツネ男の全身が真っ赤に染まった。

「いよいよだな」

キツネ男は、白目をむいたまま、今度はフラフラと毬藻に近づいてきた。キツネ男の白い歯が、薄暗い暗闇の中で反射して、青白く光って見えた。

もうダメだとあきらめかけた瞬間――

「ヘタレ君、逃げて」

聞き覚えがある麻里花の声がした。

「ゴメンね。こいつの言いなりになって、騙したりして……」

キツネ男の様子が明らかに変わりだした。苦しんだようなそぶりを見せると、持っていたダガーナイフを手から放し、両手で顔を覆って泣きだした。

「麻里花さん？　本当に麻里花さんなんですか？」

「あたしとこいつは、一心同体なの。これを見て」

キツネ男は操られるように立ち上がり、暗闇の中から双頭のコブラの剥製を持ってきて、毬藻に差し出した。

「ヘタレ君の家から盗んできちゃって、ごめんなさい。私がどうしてもほしいって言ってたから、こいつが盗んだんだって。怒らないであげて。こいつとは、ずっと昔から一緒だった。子供のときから、鏡を見るたびに、私がいるってよく愚痴をこぼしてたモン。このコブラはねぇ、私とこいつなの。一つの体に、二つの頭を持っているでしょ。なんだか、私たちの姿を象徴してるみたいで、ヘタレ君から話聞いてすごい興味があって、どうしてもほしくなっちゃったの。本当にごめんなさい」

「キツネ男は二重人格者で、麻里花さんは彼の心に生まれた別の人格だって、本当ですか？」

「そうだよ。私はねぇ、こいつの片棒を担いで、いっぱい悪いこと、させられてきたんだよ。私は、絵とか描いたり、詩や小説を書いたり、必要なときにだけ表面にあら

われるだけだったけど、世治死隊をつくって社会をつくり直したいって思いは本気だったの、信じて」

「僕を騙すためにつくられた、架空の少女じゃないんですね」

「こいつに頼まれて、ヘタレ君を騙すために近づいたのはホントだよ。許してね。この世界には光と闇、つまり陰陽がある。裏と表、二元論の世界、対立する二つの根本原理。こいつが悪いことをするほど、心の奥で悪に対する反発心が強くなって、私が生まれた。こいつが悪なら、私が善って感じだね。早く逃げて。これから私は、こいつがさんざん知りたいって言ってた、黄泉《よみ》の国っていうか、宇宙の彼方《かなた》へ行くんだよ。透明人間になって、そこへ行くのよ。こいつもそれで本望でしょ」

相変わらず、聞き取ることが難しいくらい小さな声で、キツネ男の姿をした麻里花が別れを告げた。そして、血溜まりのなかに落ちていたダガーナイフを拾って、キツネ男は自分の心臓に突き刺した。

「さようなら。ヘタレ君。ヘタレ君と友達になれてよかった」

麻里花の声をしたキツネ男は、そう囁くと瞼を閉じた。

そのとき突然、静寂のなかに人影があらわれて、オヤッさんの持っていたダイナマイトを拾い上げた。全身黒ずくめで、目出し帽をかぶった男が、ライターでダイナマイトの導火線に火をつけた。

導火線が静かに燃えはじめた。目出し帽の男はそれを確かめると逃げていった。咄《とっ》嗟《さ》に毬藻も地下室から逃げだした。

間もなく、大きな爆発音がして、足元に衝撃が走った。背後から激しく押し出されるような感覚があって、毬藻の意識はだんだん遠のいていった。

やがて、真っ暗闇になった。

しばらく漆黒の闇の世界を彷徨《さまよ》っていると、まぶしい光の渦に巻き込まれた。体がフワフワと浮いたり沈んだりと、不思議な感覚だった。気がつくと、宇宙空間を漂っていた。銀河の彼方へ弾き飛ばされたのだと毬藻は思った。たくさんの光の霊魂《たま》が自分の方へ集まってきた。そこで、意識が再び途切れた。

毬藻は病院のベッドで目を覚ました。

目の前には、キツネ男から逃げ出したときに話を聞いてくれた警部の顔があった。

「君も大変な事件に巻き込まれて、気の毒だったな」

声をかけられ、うなずくと痛みが走った。頭と右手に包帯が巻かれていた。

「心配いらないよ。軽い火傷だよ。ダイナマイトが爆発した衝撃で、君もケガをしたんだよ」

「キツネ男は？」

「もし、あの洋館の地下にいたのなら、死んだよ。現場は、爆発で吹っ飛んで、土中に埋まってしまった。土砂が事件のすべてを封印してしまった。君は奇跡的に、爆発で遠くに飛ばされて、倒れていたんだ」

「じゃあ……現場で殺されてしまった、みんなの死体も見つけられないんですか？」

「ちょっと待ってくれ、あの場所になにがあって、誰がいたんだ？　君が持っていた携帯電話から、行方不明になっている学校の養護の先生が、おそらく君でない何者かによってあそこに呼び出されたということはわかっている。君が巻き込まれていたこれまでの事件から、呼び出したのは林ではないかという線で捜査が進んでいる。先生は、殺されたのか？　他には……？　埋まってしまった遺体については、努力はしてみるが、わからんな」

毬藻は、先生を助けに行ったこと、キツネ男が待ち受けていたこと、一緒に行ったAYUKOやシュンジ、オヤッさんが殺されたことを話した。警部はうなずきながら聞いてくれた。毬藻は、AYUKOたちの素性をよく知らない。あとは警察に任せるしかなかった。

「僕は、どうなるんでしょうか？」

「例の宅配便の件なんだが、記録を調べてみたら意外なことがわかったよ。集荷がどこでされたか調べてみたら、君の自宅からわずか二百メートルしか離れていない、近所にあるMマートというコンビニから出されていたんだ。さっそく聞き込みをおこなったら、アルバイトの店員が〝ドクターキング〟という差出人名を不思議に思って、覚えていてくれたよ。若い男性で、長髪を背中で束ねていたそうだ。黒い帽子を深々とかぶって、サングラスにマスクをしていたから、顔ははっきりと見えなかったと言っていた。『中身はなんですか？』って聞いたら『別に』とだけ言って、なにも答えなかったそうだ。二十代くらいの青年だったと言っていたから、中学生の、君じゃないことは確かだ。

君にはちょっとショックかもしれないが……、念のため、お兄さんの写真を店員に見てもらった。断定はできないという答えだったが、防犯カメラにお兄さんらしき人物が映っていたのは確かだ。

荷物が出された日にお兄さんが部屋にいたかどうか、証言してくれる人が誰もいないんだよ。お兄さんは、ひきこもり生活をしていたよね。宅配の荷物がコンビニに持ち込まれた時間帯は深夜で客が少なかったから、店員以外に荷物を出した青年の目撃者がいないんだ」

毬藻は、自分が疑われたのと同じように、兄も疑われているのだと知って暗い気持ちになった。両親はもう意識が戻ったと聞いているが、自分をどう思っているのだろうか。入院しているから、父親とも母親とも顔を合わせていない。兄とも顔を合わせていない。

「兄の部屋はいつも静まり返っていて、部屋にいるのかいないのか、全くわかりません。兄が部屋にいたのかどうか、誰も証明できないと思います」

毬藻がそう話すと「そうだよなあ」と警部は項垂《うなだ》れた。

「君のご両親への殺人未遂の際に使用されたのは、青酸化合物という毒物なんだが、これもどこで入手されたのか、全く手がかりがないんだよ。心当たりはないかね？」

青酸化合物と言われ、毬藻はハッと顔を上げた。

「ちょっと待ってください。祖父の父親が戦前、製薬工場に勤めていた関係で、家にはいくつか薬品や文献がしまってあります。そこを調べてみてくれませんか？」

「ああ、そうだね。確かおじいさんの正蔵さんも、漢方薬や薬品に詳しかったもんな。さっそく、調べてみよう」

毬藻は警部の背中を見送りながら、心の中にふつふつと疑いの芽が育っていくのを感じていた。まさか……。何度も打ち消したが、どうしてもその思いは消えなかった。

目高家の物置部屋からは、古い文献と一緒に、埃まみれの桐箱から何種類かの薬品が発見された。その中には青酸化合物やストリキニーネもあった。

警察の捜査は大きな進展をみせ、警部が毬藻の病室を訪ねてきた。

「君が庭に埋めたと話していた袋や、一緒に入っていた手紙の燃えカスから、お兄さんの真人さんの指紋が検出された。鑑識で手紙の文字の照合をおこなったところ、お兄さんの使っているプリンターの文字と一致したよ。物置き部屋から出てきた箱から毒物が持ち出された形跡もあった。大変申し上げにくいが……、現状としては、お兄さんが君に両親を殺害させようとした真犯人かもしれないということになった」

毬藻は、やっぱりそうだったのかと、絶望的な気分になった。

〈終章（エピローグ）〉

毬藻は退院して、自宅に帰ることになった。回復した両親が病院まで迎えに来てくれた。両親の笑顔に、毬藻はホッとした。

車の中で両親は、毬藻が自分たちを殺そうとした犯人だとは、とうてい考えられないと言ってくれた。「犯人は他にいて、とても身近な存在だ」と感じているようで、口にこそ出さないが、それが誰なのかうすうす勘づいているようだった。

両親は、今なお自分たちに向けられている殺意を感じて怯《おび》えているようだった。父と母が交互に語るその言葉の端々にその感情を感じ取り、毬藻は自分の手で、真人が本当に事件に関係しているのかを確かめようと思った。

聞くと、兄は朝から外出していて家にいないという。なにかわかるかもしれないと思い、まずは兄の部屋を捜索してみることにした。

兄が暴力を振るうようになってからは一度も入ったことがない、兄の部屋。入ってすぐ、パソコンを立ち上げてみると——あった。兄のパソコンのモニター画面にキツネ男の家で、目撃したのと全く同じ殺人トーナメントと題された、黒色のホームページが映っていた。サイトでは殺人コンテストなるものが開催され、その審査結果がアップされていた。一位は〝光を愛さぬ者〟という投稿者で、他の応募者に圧倒的な差をつけていた。

「光を愛さぬ者？　これって、もしかしたら」

毬藻はこの投稿者の殺人計画を見てみようと、リンク先をクリックした。

そこには、モザイクなどの修正がいっさいかけられていない、自分と両親の写真が載っていた。毬藻は信じられず、しばらく呆然とするしかなかった。我に返り、震える手でマウスを操作して画面をスクロールしていくと、家族を抹殺する方法として、詳しい殺害計画がシナリオ書きにされていた。内容はどれもこれも、身に覚えがあることばかりだった。

——弟を騙して両親を毒殺させて、弟はその犯人として自殺させる。文学作品「ファウスト」に登場する「メフィストフェレス」という悪魔に触発されて、僕はこの殺人計画を考えついた。

そうコメント書きがされていた。闇サイトで弟を殺してくれる相手を探し、周到な殺人計画によって、自分の非行ではなく、弟の非行に見せかける。弟が「自殺」したら、最後に殺人計画の実行を請け負った相手を殺人教唆《きょうさ》の犯人に仕立て上げて殺すことで、証拠隠滅を図れるだろうと計画が記されていた。

毬藻がモニターから目を移すと、兄のパソコン机の上に、ゲーテの『ファウスト』が一冊、置いてあった。本のページをめくると、裏表紙に、『Mephistopheles——地獄の大君主の一人。「光を愛さぬ者」。天の大天使であったが、堕天《だてん》して悪なる存在となった。狡猾な破壊者』とペンで殴り書きがされていた。

本を開くと、ファウストがメフィストフェレスに唆されて「眠り薬だ」と偽って恋人に毒薬を渡してしまう箇所にラインが引かれていた。

クローゼットを開けると、女性をレイプ（強姦）している漫画や、雑誌が散乱していた。

「おまえのメフィストフェレスはこの僕だよ」

声がして振り向くと、真人がドアの前に立っていた。

「これを見ろよ」

兄はポケットから小さなロザリオを取り出し、掌の上にのせて毬藻に見せた。ロザリオは逆さ十字になっていて、悪魔《サタン》が逆さ向きに十字架にかけられていた。悪魔の両目には、血のように鮮烈な真紅のルビーがはめこまれていた。

「どうだ、すげーだろ。メフィストフェレスの称号を、僕が手に入れてやったんだよ。見ろよ。僕が一番に選ばれたんだよ」

真人は、得意気に言ったかと思うと、逆さ十字架のロザリオを床に叩きつけた。

「僕はいつも、一番になれって、両親《あいつら》から押しつけられてきたんだ！　毎日、塾と学校の往復だった。人生のすべてが両親《あいつら》に決めつけられて、勉強ばっかりさせられてきたんだよ。おまえみたいに、僕も一緒にじいさんに連れられて、山に蛇取りに行きたかったのに……。だから、復讐《ふくしゅう》してやろうって決めたんだよ。僕をこんなふうにした両親《あいつら》とおまえを、みな殺しにしてやるってな」

真人は憎悪をこめた表情で声を荒らげて叫ぶと、毬藻を侮蔑するように睨みつけた。

毬藻は奇妙に冷静なまま、真人に問いかけた。

「ダイナマイトに火をつけた、目出し帽の男は、兄キだったんだろ？」

「ああ。林に、『百万円で、殺してほしいヤツがいる』って頼んだ。名前も名乗ってないから、あいつは僕の本名も知らないけど、携帯サイトで取り決めして、あいつの指定した口座にまず十万円振り込んで、おまえの携帯ブログを教えて、こいつを殺してくれって頼んだ。あいつは、自分なりに馬鹿な頭で考えた。集団自殺に誘い込んで、おまえたちを殺そうと企んだんだ。あいつにとっては、自作のスナッフ映画も撮影できて、僕から謝礼はもらえるし、一石二鳥のはずだった。まぁそれが、最初から僕の狙いでもあったんだけどな……」

「影山たちのことも兄キが？」

「そうだよ。あいつら、僕があの洋館で殺人を犯している現場を、偶然見たことがあったんだよ。それに、おまえ、いつもいじめられっぱなしだったろ。だから、僕が敵討ってやったんだよ。家の窓からあいつらが出歩いてるのが見えたから、出ていって、おまえのことで話があるって言って、『あの洋館で夜の七時に待ってろ』って誘い出した。あいつら、びっくりして縮み上がってたぞ。そんで、林にいいカモがいるから外国に売り飛ばしてやってくれって頼んだら、案の定、南の島に連れていかれちまった。ざまーみろ。

知ってるか？　あの馬鹿三兄弟、大阪で福祉ホームに放火して、それで大阪に住んでいられなくなって、この街へ引っ越して来たんだぞ。未成年で、ボヤで済んだからってことでホームの人に大目に見てもらって捕まらなかったらしいが、その後、どうして放火したのかって聞かれたとき、ホームの人たちは役に立たなくて、邪魔だからって答えたらしい。体の不自由な人や老人に対して、慈《いつく》しみの気持ちなんてこれっぽっちも持っていなかったんだよ。社会が荒みきっているから、あの三兄弟みたいな子供が育っていくんだよ。悪いことして、罰が当たったんだ。当然の結果だ」

光を愛さぬ者というハンドルネームで、毬藻にメールを送っていたのは兄だった……。毬藻はじわじわと、自分のおかれていた状況を理解していった。

『キーロガー』ってソフト知ってるか？　僕は、それをおまえのパソコンに仕掛けて、いろんな情報を盗み出してたんだよ。それを使えば、キーボードからパソコンに打ち込まれた内容を、すべて保存することができるんだ。おまえが麻里花って子にメールした内容は、全部これで僕がそっくりそのまま、知ることができたのさ」

「そうか……だから以前、消したはずのパソコンに電源が入ったりしてたんだ」

「それだけじゃない。おまえと麻里花って子の会話を聞き出すために、おまえの部屋に盗聴器も仕掛けてあった。ドアの前で盗み聞きしたこともあったしな。集団自殺の決行の前日、僕が林に連絡すると、あいつは計画内容を話してきた。僕は、影山たちを拉致《らち》したあの洋館にある地下室で、おまえたちを集団自殺させてくれって頼んだ。長野に呼び出して、山奥に連れていくふりをして、戻ってきてあの場所に連れていくように指示したんだ。そのとき、僕がこっそりと部屋を抜け出して、あの洋館の地下室で犯している殺人の罪まで林になすりつけることができると考えついた。専門学校へ入学したいと嘘をついて、両親から騙し取った三十万円をさらにあいつの口座に振り込んでやった。残金は、任務を遂行してからと約束してあった。

トカゲのしっぽみたいにいつ切ってもいいように、決して僕の正体は最後まで教えなかった。でも、ヤツは僕の正体に気がつきはじめた。林も殺人トーナメントの会員で、メフィストフェレスの称号を狙っていた。ニュースを見たときは僕の存在に気づかなかったようだが、だんだん、毬藻の兄である僕が犯人だと気づいたらしくて、僕を脅迫してきた。サイトで僕の投稿内容を見て、間違いないと思ったらしい。おまえの落とした学生証で住所を知って、林が口止め料として一千万円を追加で支払えって要求してきた。僕は、支払ってやるから、学校の養護教諭を洋館に連れてきて、それをネタに毬藻を誘い出すように指示した。ガロットを持って来させたのも僕だ。先生のメールアドレスをキツネ男に教えたのも僕だよ。おまえが信頼してた先生を、ガロットを使って殺したのもこの僕なんだよ。最終的にダイナマイトでふっ飛ばして、僕の犯した罪を、全部林になすりつけたってわけだ。すべてうまくいく——そう、完璧な殺人計画は誰にも邪魔されず、遂行できるんだ。

最後の幕は今下りる。ジ・エンドだ。おまえは哀れなファウストとして、命を失うんだよ」

毬藻は兄が許せなかったが、同時に、滑稽《こっけい》なピエロにも思えた。

「完璧なんかじゃない。警察は、兄キを疑ってるよ。手紙の燃えカスの切れ端から、兄キの指紋が検出されたんだよ。僕が庭で焼却した燃えカスを、残らずきちんと処分したかどうか確認をしなかった、兄キの単純なミスだよ。僕は、確かに手紙も箱も燃やしたけど、薬の残りと一緒に燃えカスを埋めたんだ。宅配便も麻里花の手紙も、全部兄キが偽装工作したんだって、もうみんなバレてるよ。知らないのは兄キだけだよ」

毬藻は冷ややかな視線で兄を見つめた。

「うるさい！　僕を侮辱したなっ。僕は秀才なんだぞ！　僕はいつだって、一番でいなくちゃいけないんだ！　おまえみたいな、できそこないのヤツとは違うんだよ！なにをしても、みんなから褒められる秀才でいなきゃだめなんだ」

真人は毬藻につかみかかった。毬藻は何度も壁に強く頭を叩きつけられた。目の前に、星がピカピカといくつも点滅した。

「青酸化合物はまだ残ってるんだよ！　死ね！　おまえが自殺したってことになれば、全部うまくいくんだよ。警察も、やっぱりこいつが犯人だったのかって考えるだろ」

真人は支離滅裂な理屈を口にしながら、抵抗する毬藻の頭を押さえつけ、無理矢理口をこじあけた。毬藻は必死で抵抗したが、小瓶の中身が垂らされそうになった。

その瞬間、黄金《こがね》色をした閃光《せんこう》が瞬《またた》いた。眩しい光の中に、白い着物を着た祖父の姿があった。光はフワフワと浮いて、二人の兄弟の目の前にやってきた。

「じいちゃん」

祖父はしばらくの間、とても怖い顔をして兄弟を見下ろしていた。

やがて、光の中から双頭のコブラが這い出してきて、真人の体に巻きついた。コブラはゆっくりと這い上がり、恐怖のあまり硬直して身動きがとれなくなった真人の首筋に巻きついた。

「真人、この愚か者め！　おまえのような悪党は、地獄へ落ちるがいい。観念しろ！」

地響きと一緒に祖父の声が周囲に響き渡った。

「わしは、双頭のコブラの剥製に乗り移って、おまえのやっていることを今まで全部見ていた。おまえが生きているのは、わしや遠い過去を生きた先祖たちの紡《つむ》いだ〝生命のつながりの糸〟のおかげなんじゃ。おまえの体も、体に流れている赤い血液も、すべてご先祖たちからいただいたとても大切な生命なんじゃ。すべての人々にとって、それは変わりない。生命の尊さはかけがえのないものじゃ。粗末にしてはならん。おまえはそれがわかっていない！」

祖父は大きく目を見開き、兄を一喝《いっかつ》して戒めた。

双頭のコブラが真人の項《うなじ》に噛みついた。兄は苦悶の表情を浮かべ、その場に倒れ込んだ。そして、小さな光の霊魂《たま》になって、祖父の両手につかみ取られた。祖父の顔が、生前のやさしい顔に戻った。

「毬藻、おまえも真人と同じじゃ。おまえも生命の尊さを全く理解しておらん。今与えられている生命のありがたさに感謝し、日々精進し、歯をくいしばってでも、己に課せられた茨《いばら》の道を歩くがよい！　それが、人の運命《さだめ》というものだぞ。運命は、自分で決められるものじゃ。他人が決めるものではない。自分から作り出していくものなんじゃ。初めから決められた運命なんてものはない。悪魔と契約を結んだファウストと同じで、おまえのような考え方をしていたのならば、地上で得ることのできるどんな幸福にも満足せず、誘惑に誘い込まれる。飽くなき欲望に固執し、傍若無人《ぼうじゃくぶじん》の振る舞いをした末に、最後には自滅するだけじゃ。すべては、心の鏡にうつり込む自分自身の姿。自分の信念が運命を導き出していく。懸命に生きていれば、おまえが本当に困っているときに、誰かしら助けてくれる人があらわれる。命はひとつしかない、大事なものだってわかったな」

毬藻は涙をこらえ、大きく「うん」と返事をした。それを聞いた祖父は、安心した様子で消えていった。

静まり返った部屋には、兄の死体がそのまま横たわっていた。先ほどまでとは別人のように、穏やかで眠るように安らかな死に顔だった。

毬藻は後悔した。理由はどうであれ、自分のせいでたくさんの人々の命を奪ってしまった。命はかけがえのない宝物。そう気づいたのが遅すぎた。ＡＹＵＫＯ、シュンジ、オヤッさん、優一……みんな透明人間になって、自分の行きたい場所へ行ったんだろうか。

子供のころ、よく言われた。人は、死ぬと、お星様になる。みんなは流れ星にのって、宇宙で星になったんだと思う。

永遠の沈黙を守り続ける兄の死体を見つめながら、毬藻は自分の今後の行く末を考え、しばらくの間、途方に暮れていた。

だが、やがて、命を失った仲間たちやじいちゃんの霊に恥じないような生き方をしていこうと、毬藻は心に強く誓った。そして、まず今なすべきことはなんだろうと考えた。仲間たちの笑顔が思い浮かんできた。

「よしっ、なにがあっても力いっぱい生きてやるぞ。僕は、生きて、生きて、生き抜いてやる」

毬藻は立ち上がり、しっかりとした足取りで歩いていくと、一一〇番通報した。

著者プロフィール

霜月 夢僧（しもつき むそう）

1970年、千葉県生まれ。
東京アニメーター学院漫画家プロ養成科本科卒業。
『MY LIFE』（日本文学館、2008年）に「煌めきの灯火」が収載される。
『明日へ』（日本文学館、2008年）に「明日の力」が収載される。

メフィストフェレスの肖像 ――死の迷宮《ラビリンス》

2009年10月15日　初版第1刷発行

著　者　霜月 夢僧
発行者　瓜谷 綱延
発行所　株式会社文芸社
〒160-0022　東京都新宿区新宿1－10－1
電話　03-5369-3060（編集）
03-5369-2299（販売）

印刷所　図書印刷株式会社

ISBN978-4-286-07673-7